suhrkamp taschenbuch 3393

Leipzig, nach dem Zeitenwechsel des Jahres 1989. Eine junge Frau in einer Altbauwohnung, mit Blick auf den größten Kopfbahnhof Europas. In einer hochsommerlichen Nacht beginnt sie, die Tapeten vergangener Generationen von den Wänden zu reißen; das robuste Sofa der Großmutter wird wie ein großes Tier zur Strecke gebracht. Alles soll anders werden. Auf und davon fliegt sie, gen Westen, in die geöffnete Welt. Amerika von Minneapolis bis San Francisco im Überflug, der fast schon endet in einem Secondhandladen voller alter Kleider der kurzen amerikanischen Geschichte. Doch die Überfliegerin muß weiter, nach Westen, so lange, bis der Westen wieder Osten wird: in Moskau, im chaotischen Rußland.

»Angela Krauß' Reise um die Welt gleicht einer Odyssee ohne Nostalgie«, schrieb die *Neue Zürcher Zeitung*, und die *Weltwoche* urteilte: »Ein kleines literarisches Meisterwerk.« Angela Krauß, geboren 1950, lebt in Leipzig. Ihr Werk wurde mit zahlreichen Preisen ausgezeichnet, u. a. mit dem Ingeborg-Bachmann-Preis, dem Berliner Literaturpreis, der Bobrowski-Medaille und zuletzt dem Gerrit-Engelke-Preis der Stadt Hannover. Im Suhrkamp Verlag erschienen *Das Vergnügen* (1988), *Kleine Landschaft* (1989), *Der Dienst* (1990), *Sommer auf dem Eis* (1998), *Milliarden neuer Sterne* (1999) und *Weggeküßt* (2002).

# Angela Krauß
# Die Überfliegerin
*Erzählung*

Suhrkamp

Umschlagfoto: Brigitte Friedrich

suhrkamp taschenbuch 3393
Erste Auflage 2002
© Suhrkamp Verlag Frankfurt am Main 1995
Suhrkamp Taschenbuch Verlag
Druck: Books on Demand, Norderstedt
Printed in Germany
Umschlag: Göllner, Michels, Zegarzewski
ISBN 978-3-518-39893-7

2 3 4 5 6 7 – 15 14 13 12 11 10

# Die Überfliegerin

I

Mord, dunkel,
intelligent

*estand sich auf dem Maverkall*

Plötzlich faßte ich mit zwei Fingern den Zipfel der Tapete unter der Zimmerdecke und riß sie von oben nach unten herunter. Ich stieß das Fenster auf.

Fliegen wäre schön. *selbstmord?*

Gleich ist es Mitternacht. Der Mond steht über dem Bahnhofsgelände und bescheint die Gerätewelt. Die Kesselwaggons dampfen; sie reihen sich in zwei langen Bögen. In ihre Öffnungen hängen Schläuche, durch die heiße Flüssigkeit in sie hineinläuft, die Säuren und Krusten ablöst und auf der Erde Schlammlachen anschwemmt.

Jemand schlägt mit einer Stange gegen den Kessel oder den Unterbau, weiter in der Ferne wiederholt es sich und noch einmal weiter gen Norden, schon sehr weit weg.

Die Krähen sitzen auf den Leitungsdrähten.

Die Neugeborenen bewegen sich im Schlaf.

Der Soldat patrouilliert vor der Kommandantura. Er läuft unter dem Lichtkegel der Straßenlaterne; er hat ein junges Gesicht, glatt und rund. Ohne sich aufzurichten, macht er kehrt und geht zum Ausgangspunkt zurück und zwanzig Meter weiter bis zum Eingang des Russenmagazins, wo die Schaumgebäckstücke

9

im Fenster liegen, hart wie Attrappen und rosengrau im Dunkeln.

Das Schlagen der rangierenden Kesselwaggons wird wieder stärker.

In dieser Stadt gibt es Gänge, Tunnel und Hoflabyrinthe, die am Tage so verlassen sind wie nachts, am einsamsten aber ist der hintere Querbahnsteig des Leipziger Hauptbahnhofes, des größten Kopfbahnhofes Europas, der Gleis eins mit Gleis achtundzwanzig verbindet: ein weißgekachelter Tunnel mit einem Urinfleck aus dem Jahre 1912.

Das hätte ich mir in meinen Alpträumen nicht ausgemalt, wie es sein wird, wenn ich eines Morgens aufwache, aus dem Fenster schaue, hinunter auf die Fabrikhallendächer, die Schornsteine und Kabelbäume, die Laderampen und Lagerschuppen, auf das Weichendrehkreuz und die liegengelassenen Ölkannen, auf die verlorene Putzwolle, und das alles steht in einer fremden Welt.

Gerade habe ich angefangen, mein Zimmer abzureißen. Tagsüber hätte es sich nicht verheimlichen lassen: Spuren im Treppenhaus auf hundertsechzehn Stufen. Möglicherweise aber hätte ihnen niemand Bedeutung beigemessen. Wie dem Eisenbahnzusammenstoß, den ich von hier oben aus gut beobachten kann. Genauso den Flugzeugzusammenstoß in der Luft, den ich von hier oben ausgezeichnet werde verfolgen können.

Aber das ist Zukunftsmusik.

In einer hochsommerlichen Nacht reiße ich die Papiere von den Wänden, die holzfreien, geglätteten, die satinierten und geprägten, die holzhaltigen der ersten Verarbeitungsstufe, wunderbare Papiere aus Hadern und Lumpen, einer zähen Masse, wie sie in den Mischtrommeln der Papierfabriken von Heidenau und Merseburg, Penig und Weißenborn, Bitterfeld und Rosenthal zielstrebig um die eigene Achse schlingerte; sie lassen sich an einer kleinen Unregelmäßigkeit mit zwei Fingern fassen und herunterziehen. Der Mond steht über dem Bahnhofsgelände und bescheint die Gerätewelt.

Ich habe keinen Sonnenstich! Erschlafft von den immer gleichen Tagen dieser Hitzeperiode, im Zustand der Durchleuchtung, schleife ich eine Leiter aus dem Dachboden nebenan in meine Wohnung. Es hat lange gedauert, bis ich begriff: Alle um mich herum handeln längst.

Sie überholen mich alle.

Der Tapetenleim rinnt mir den Nacken herunter. Vom Schweiß gelöst, sickert er in meine Schlüsselbeinmulden. Fünfzig, sechzig Jahre alter Tapetenleim; ich schütte neues Wasser gegen die Wände, sie quellen nach innen, sie fallen mir entgegen, schlaff, schmierig, vier, fünf Lagen Papier, die einst auf die Gesichter meiner Vorgänger den Schein von Geborgenheit warfen. Es schlägt Mitternacht.

Die Waggonketten stoßen aufeinander.

Auf der Schleppe des Florentinerstores schleife ich die ersten Papiere hundertsechzehn Stufen abwärts. Vorbei an dem stillen Professor, der Trinker heilt, vorbei an Herrn Graf mit seinen fünf Söhnen, die von einer Achtjährigen in Schach gehalten werden. Herr Graf arbeitet auf dem Verladebahnhof, und auch Herr Händsch weiter unten arbeitet auf dem Verladebahnhof, aber weiter hinten in Horizontnähe. Erst vorige Woche sah ich sein Profil im Haustürfensterglas, Parfümduft stand im Haus, drei Kinder jagten treppab, zwei klirrten mit Eimern wieder nach oben, ein Mädchen wartete in der Tür, mit kleinen Schuhen an den Füßen, mit runden Kuppen, mit einem Fenster zwischen Kuppe und Riemchen, das ein Fleischpolster freiließ, über dem sich, in Falten gepreßt und verzerrt, der weiße Rippstrumpf spannte.

Jetzt schleiche ich mich an ihren Betten vorbei.

Habe ich nicht immer gedacht, daß ihnen nichts passieren kann?

Der Mond wandert mit einer Geschwindigkeit, die jeden Menschen irritieren muß. Eines Tages werde ich im astronomischen Anhang des Weltatlas nachschlagen, worauf diese Hast zurückzuführen ist. Schornsteine, Lichtmasten, Kabelbäume, der Gestängewald, die Bewegungen der Züge am Horizont, die hell erleuchteten Schnellbahnen, die flach auf den Schienen liegen, die langen Ketten der Fernzüge und die noch viel längeren Ketten der Güterwaggons, die Bewegungen kommen nie zum Stillstand, sie nehmen nachts sogar noch zu. Dann werden neue Züge mit Kesselwaggons auf die Abstellgleise geschoben.

Die ganze Nacht über steigen Wasserdampfwolken aus den Kesselöffnungen und wehen in die Richtung, in die auch die lange Flagge des Heizkraftwerks weht.

Die Nächte sind tiefschwarz, und die Rauchfahne liegt quer durch das Schwarze: ein langer heller Strich.

Verwackelt ist er, zittrig.

Ich nehme einen meiner zehn Stifte aus Zedernholz und ziehe einen geraden, freihändig, der einen Riß im Papier hinterläßt, einen Schnitt in der Tischplatte.

Das war es.
Das wäre es also gewesen.

Die Russen sind fort!
Gestern noch ging ich die rückwärtige Straße
entlang, unter den vier Balsampappeln, bei den
brennenden Müllcontainern, aus einem Keller-
fenster herauf kam Estradenmusik.
Da sind sie! dachte ich.
Im Mai lagen ihre Koffer noch auf den Eichen-
schränken aus den vierziger Jahren, und über
die gelben Lampen aus Porzellan liefen seit dem
Weltkrieg die Fliegen.
Sie bleiben? dachte ich.
Die Magnolie vor der alternden Villa des Scho-
koladenfabrikanten fing an zu blühen, aus der
Stolowaja im Erdgeschoß dampfte der Brodem,
der Koch wand sich durch das Gartengestrüpp,
Oksana drehte gelangweilt ihre georgischen
Augen nach oben, die gewaltigen bunten Gene-
räle schepperten mit Messern und Gabeln in
den Hinterzimmern, Ludmilla verfing sich
beim Servieren in der Gardine, ich riß einen
Brief auf von Toma aus Sibirien, Klawdija, die
Schwere, Weißliche mit den Haaren an den Beinen, schöpfte Grütze aus dem Trog, Genossin,
Schwester, Liebste, Schönste, schrieb Toma mit
lila Tinte, Oksanas Finger spielten mit den

Holzkugeln der Rechenmaschine, Schweißperlen glänzten auf dem ein wenig weiblichen Rücken des Kochs, er pfiff durch die Zähne, eine Kompanie Niederer taumelte herein, ihre tschuwaschischen, kirgisischen, abchasischen, turkmenischen Kindergesichter sanken über die Teller.

Fort sind sie!

Gestern trugen sie aus Kellereingängen Eisschränke mit kleinen roten Sternen an den Türen, und die Türen fielen beim Hinwerfen ab. Und unzählige Stühle mit Aluminiumbeinen und braunen Kunstledersitzen wurden an Armen und auf Köpfen herausgetragen. Vielleicht ein Kinosaal? Unbekannte Apparaturen von derber, übersichtlicher Mechanik lagen zu Haufen zusammengekehrt.

Fort sind sie!

Nur der Soldat patrouilliert vor der Kommandantura. Es ist eine himmelblaue Villa, der Aufgang flankiert von zwei roten Papierkörben aus Plastik, der Garten umfaßt von einer übermannshohen Wellblechwand. Wie der abnehmende Mond steht ein Stück des Riesenteleskops über dem Rand. Die Stirn des Kommandanten gleitet am Fenster vorbei.

Als ich das Licht der Welt erblickte, waren sie schon da: kleine Mädchen mit großen roten

Seidenschleifen hinter den Ohren. Nur in Grüppchen erschienen sie hinter den beflaggten Brettertoren und hielten ihre geschmückten Köpfe erhoben. Ich sehnte mich nach einem einzelnen, nach seinen fremden Kinderlauten, die weich und bestimmt klangen.

Eben noch habe ich von meinem Spiel aufgeblickt, um mich nach ihnen umzudrehen, und schon sind sie fort.

Im Treppenhaus riecht es nach Schuhen. Das Hauslicht geht im Hochparterre aus. Frau Händsch steckt ihren Kopf aus der Tür, weit unten in Klinkenhöhe, als sei sie zehn Jahre alt. Morgens um vier lächelt sie mit ihrem herzförmigen Gesicht; sie sieht aus wie eine Gretel aus dem Puppentheater.

Hat sie hinter der Tür gestanden?

Meine Gardinenschleppe voller nassem Papier rutscht ihr entgegen. Ach, sagt Frau Händsch und schließt ihre Arme um meinen Abfall. In ihrem Gesicht sind zwei rote Flecken wie bei einer Kasperpuppengretel. Wie bei meiner Großmutter. Auf ihrem Kopf sitzt etwas, eine Schlafmütze? Eine weiße Socke, wie sie in Krankenhäusern den Frischoperierten übergezogen wird.

Meine Großmutter trug eine bunte Strickmütze im Bett, und beim Schneeschuhfahren trug ich sie. So kalt war es über den Uranbergwerken.

Frau Händsch greift mich am Arm und zieht mich in ihren Flur. Der Schimmer von Licht, der gerade im Osten aufdämmert, erlischt.

Ich kenne Frau Händsch lange und flüchtig. Arbeitet sie in der Küche eines Betriebes? Vor acht Jahren erzählte sie davon und auch vor zwei Jahren. Von der Küche des Reichsbahnausbesserungswerkes? Da hat sie Glück. Die Eisenbahn wird es immer geben, die Eisenbahnunglücke ebenso. Es ist keine Frage der wachsenden Perfektion; es wird von der Struktur des Zufalls bestimmt. Die Perfektion, ihr Gegenteil und das Mittelmaß sind lediglich Größen im Zufallsgeschehen. Der wissenschaftliche Sichtwinkel hat etwas Entspannendes.

Von den Eisenbahnzusammenstößen werde ich unter dem Dach eher informiert sein als Frau Händsch im Parterre. Aber sie ist es, die den Eisenbahnern die Kartoffelportionen zuteilt, und sie stehen mit den zerknautschten Puffern und im Zickzack verbogenen Armlehnen unter dem Arm bei ihr Schlange. Und sie steht mit ihrem zutraulichen Gretelgesicht an diesen olivgrünen Trögen, diesen tarnfarbigen Kartof-

feltrögen, die hier im Leben aller Kindergarten-
kinder, Hortkinder, Schulkinder, aller Ferien-
lagerkinder, Fachschüler und Hochschüler, im
Leben eines jeden Soldaten der Volksarmee, in
den verlängerten Kurpatientenleben und in denen von Lehrgangsteilnehmern sämtlicher Rei-
festufen, in unser aller Leben einen Platz ein-
nehmen, von dem sie nichts wird verdrängen
können.

Frau Händsch trägt einen Verband um den
Kopf. Vor einem Monat ist sie vierzehn Stunden lang am Kopf operiert worden. Mit dieser
Socke aus Mull kehrte sie zurück. Jeden dritten
Tag entsteigt sie einem Krankenwagen mit
einer frischen Socke auf dem Kopf. Sie lacht so
schön. Sie leuchtet vor Freude schon von wei-
tem.

Es riecht nach Schuhschrank in diesem Korridor. Ich halte noch ein Knäuel aus nassem
Papier unter dem Arm. Frau Händschs blasses
Nachthemd steht vor mir wie eine Säule in der
Dunkelheit. Sie sei heute wieder im Kranken-
haus gewesen, flüstert sie und stottert ein bißchen. Um uns herum hinter vier Türen schlafen
vier kleine Mädchen, ein Mann und ein Säugling. Frau Händsch hält mein Handgelenk um-
klammert und ruckt an meinem Arm.

Am Montag –

Immer wenn ich sie treffe, muß ich mir Zeit nehmen, weil das Sprachliche bei ihr viel Zeit braucht.

*Frau Händsch*

Am Montag –

Am Montag? Da ist Vollmond. Am Montag wird der Vollmond in die Leere meines Zimmers scheinen. Meine kleine Großmutter saß starr aufgerichtet im Bett, wenn der kalte Vollmond in ihr großes Gesicht schien; so mußte sie verharren, bis er weggezogen war. Unter dem Marschgedröhn der Bergmannskolonnen schlief sie sofort ein.

Am Montag machen wir den ganzen Kopf nochmal auf, hat die Schwester gesagt.

Wieso am Montag? Ich will unbedingt das Atmen der sechs Personen hinter den vier Türen hören, die leichten Seufzer des Säuglings, das leise Zerplatzen der Speichelbläschen auf seinem Mund. Das Gesicht von Frau Händsch steht klammhell vor meinem, denn durch eine Milchglasscheibe oben in der Badezimmertür dringt Morgendämmern. Draußen wird es also langsam Tag!

Ich versuche, mir den Bahnhof vorzustellen. Denn noch niemals in dreizehn Jahren habe ich ihn in diesem Augenblick gesehen, die allerersten Zeichen des Lichts habe ich noch nie gesehen. Das einzige, was noch fehlt, um diesen Ort so gut zu kennen, daß ich ihn endlich verlassen kann, ist dieser Anblick.

Das wäre es dann gewesen.

Bis zum Morgengrauen habe ich Tapeten durch das Treppenhaus getragen, immer ältere, immer festere Papiere mit Putzsand auf der Rückseite. Ich habe sie zwischen Keller und Hoftür geworfen; als sie sich an der Innenseite der Hoftür stauten, schloß ich die Tür auf und warf alles hinaus in das Geviert aus Beton, worin früher die Abfalltonnen standen und das jetzt mit Zeitungen zugeschüttet ist. Ich leerte die Innenauskleidung meines Zimmers auf die unerschütterlich lachenden Showmaster. Die Sonne erschien hinter dem Stellwerkturm.

Ich stieg wieder nach oben, betrat mein Zimmer und erschrak: Bis auf die nackten Wände abgeschält, stand es da im Morgenlicht. Auf dem Putz bildeten sich gerade grünliche Wolken, Flecken, Schwären in einem Oxydgrün, das soeben hervorbrach, es wuchs wie eine junge Schimmelschicht, so milchig, an einer Stelle stockte es bereits ins Schwarzgrün. Ein feuchtwarmer Dunst aus dem durchwachsenen Gestein hat sich ausgebreitet, ich bin in eine Grotte in den Tropen getreten, an deren Wänden Spuren uralter Zeichnungen haften: zarte gebogene Linien, fliehende Tiere. Unter der Decke aber führt ein breites schwarzes Band entlang, in dem sich amulettförmige Ornamente wiederholen, groß wie Kindsköpfe.

Jetzt ist der Augenblick gekommen, um zu handeln. Von der obersten Sprosse der Leiter übersehe ich es; von hier geht es noch steiler auf den Bahnhof hinab. An der Wand gegenüber hat ein Riß das Mauerwerk gespalten. Das war immer die Stelle, wo die Tapete spannte und nach einigen Monaten platzte, woraufhin ich Leim darüberstrich, von der Decke aus den Schornstein entlang, eine glänzende Spur, eine ewig nässende Wunde. Wenn ich eine neue Tapetenbahn hinter den Kachelofen klebte, fing es schon bald an darunter zu arbeiten, die gespaltene Wand knirschte in der Nacht, das Papier spannte sich, unten auf dem Bahnhofsgelände, einen Kilometer vor den achtundzwanzig Prellböcken, fuhren die Züge aus Wurzen und aus Schwedt an der Oder ein, und die Züge nach Rostock über Berlin Schöneweide und die nach Eisenhüttenstadt fuhren gerade aus, und die dreihundert Güterzüge, die allnächtlich auseinander und zusammenrangiert werden, waren von Sömmerda und von Willsdruff und von Hainichen unterwegs hierher, aus all diesen mittelgroßen Kleinstädten, die ihren Güterbahnhöfen zum Verwechseln ähnlich sahen, mit ihren kleinen Konsumverkaufsstellen im Hochparterre, den mütterlichen Verkäuferinnen und den Kohleeimern aus grünem Emaille hinter dem Vorhang zum Ladenraum und mit all den natürlichen, aufdringlichen Geräuschen ihres Daseins, die an schläfrigen Vormittagen einzeln zu Boden fielen wie Tassen aus dem Steingutregal.

Alle diese Orte hatten etwas Gemeinsames mit ihren Bahnhöfen, einen nachhallenden verlorenen Klang, der ihrem nach innen gewandten Wesen entsprang, etwas absichtslos Abweisendes, ein mürrisches Gemurmel, das über den Gleisen zerwehte.

Das Schlagen der Kesselwaggons wird wieder stärker.

Ein gutes Gehör muß ich immer besessen haben; läßt es nach? Den Eisenbahnzusammenstoß von vorgestern früh habe ich nicht gehört. Möglicherweise ereignen sich tagsüber schon mehrere Eisenbahnzusammenstöße unter meinem Fenster? Möglicherweise Hunderte von Eingeklemmten, Gequetschten, Verbogenen, Gezerrten, Gestauchten, die nichts an meinem Leben ändern?

Unten ist mein Mobilar aufgestellt: unter den anilinschwarzen Kindsköpfen ein Tisch mit

Stühlen und ein Sofa an der Wand. Mein altes grünes Sofa. Ich schaue von meiner Leiter wie in eine Puppenstube hinein, eine Kiste, die jemand gebaut hat, um darin lebende Bilder zu stellen. Seit Anfang des Jahrhunderts fanden sich hier Menschen ein, die mit unbeirrbaren Gesichtern ihre Positionen einnahmen. Waren sie klüger als ich? Hartnäckiger oder stumpfsinniger? Gibt es jemanden, der ihre Positionen bewundert hat? Jemand, der mir jetzt auf den Nacken blickt, während ich mich über die Kiste beuge?

Zwei Meter tief in der Erde liegt sie, ein ganz kleines Skelett, wie von einem Kind. Ich denke manchmal an sie, an ihre großen Augenhöhlen mit den erwartungsvollen Augen. An diese lustvollen Seufzer der Qual, wenn sie beim Dielenscheuern auf den Knien lag. An ihre energischen Waschungen am Ausguß im Morgengrauen vor Schichtbeginn. An ihre harten dünnen Handgelenke im Bett. An ihre breiten undeutlichen Brüste unter Wasser in der Zinkbadewanne an einem Winterabend in der Küche, als ich vor ihr auf dem grünen Sofa saß.

Plötzlich faßte ich mit zwei Händen das Sofa an der Rückenlehne und riß es zu Boden.

Es lag da wie eine Puppe mit den Beinen nach oben. Ich schämte mich. Ich hatte nicht damit gerechnet, daß es einen so ungelenken Anblick bieten würde. Mir blieb ein paar Sekunden die Luft weg, wie wenn man brettsteif auf den Rücken fällt. Eine Staubwolke stieg langsam zur Zimmerdecke, in den Eingeweiden des Sofas zitterte es schwach. Dann war Stille.

Ich richtete mich auf. Als ich es umgerissen hatte, war ich mitgestürzt, zwangsläufig, denn ich hatte es nur mit Hilfe meines ganzen Körpergewichts zu Fall bringen können. Eine lange Spannfeder, die schon drei Jahre aus dem Boden herausspießt, fing auf einmal an zu zittern. Als habe sich aus dem Sofaleib eine Bewegung fortgepflanzt. Sie wackelte und sang.

In diesem Augenblick war unten das Radio angegangen; dort schläft Mario, ein massiger weißer Körper mit einem haarlosen Kopf, ähnlich einem Säugling. Er spricht kaum; das Radio spielt den ganzen Tag, bis ich es vergessen habe.

Das Sofa liegt rücklings im Zimmer.

Eine Tat. Das ist nicht zu übersehen.

Wie hat es mich nach einer Tat verlangt! Alle um mich herum handeln längst. Die Zeitungen sind voll von Taten handelnder Menschen. Ein Stau lange aufgesparter Taten ist losgebrochen, ergießt sich über das Land und rührt den Schlick auf. Eine Wolke Parfüm stieg vorige Woche durchs Treppenhaus, unten stand Herr Händsch, ich sah sein Profil durchs geschliffene Haustürfensterglas. Herr Händsch arbeitet auf dem Verladebahnhof, aber vorige Woche trug er mittags einen Ausgehanzug, ich sah die Revers durchs Fensterglas, während Herr Händsch die Namen am Klingelschild studierte, in dem Haus, in dem er seit zehn Jahren wohnt. Ich sah: Herr Händsch war ein anderer geworden.

Sie überholen mich alle.

Über Nacht ist Mario aufgeschossen zum Mann mit dem Kopf eines Kindes, und ich weiß nicht, was in diesem Kopf vorgeht. Vielleicht ein schmerzhaftes Ziehen, Wachstumsschmerzen, ein frühkindliches Sehnen, ein tückischer Plan?

Die Tat, so sehr ich sie erwarte, empfangen und ausführen will, kann nicht aus heiterm Himmel stürzen wie ein Meteor, aufsteigen aus dem Schlick wird sie, eine quirlende Blase.

Ich stelle sie mir vor, anders als alles, was in den Zeitungen angeboten wird. Das Gegenteil. Etwa die Entdeckung eines Naturgesetzes, das ein anderes aufhebt: die Entdeckung des Gesetzes zur Aufhebung der Entropie. Der zweite

Hauptsatz der Thermodynamik. Das entropische Prinzip. Man muß kein Physiker mehr sein, um zu wissen, worum es sich handelt.

Aber warum habe ich die geschwächte Spannfeder nicht wieder zurück in den Federboden gesteckt, als sie seinerzeit unter einem zärtlichen Druck dieses Schnappgeräusch, diesen sinkenden Endzeitton von sich gab? In Liebeszusammenhängen flüstern die Wesen der Dinge und die Wesen der Menschen miteinander. Ich verhielt mich ruhig.

Mein Liebster fragte: Was war das?

Das Sofa, gab ich zu.

Es lebt! flüsterte er da und fing an, das Sofa unter meinem Hintern zu streicheln.

Liebes Tierchen! rief leise und uns beide umfangend er, der sonst wenig spricht. So verliebte ich mich in ihn.


Immer wieder, über Monate hinweg, fällt es mir schwer, mich in einen einzelnen Menschen zu verlieben. Die Liebe als Einzelereignis, von der so viel die Rede ist, steht mir dann als etwas Sperriges inmitten der Gesamtliebe. Ein Felsstück, wie es von den Gipfeln der Hochgebirge bricht, ein Gesteinsbrocken im Fluß.

Die Gesamtliebe dagegen ist allgegenwärtig; wie das wechselnde Wetter durchdringt sie die

Gewebe verschiedenster Dichte, die Knochengewebe, die Seelengewebe, die Erinnerungsgewebe und ohne Ausnahme sämtliche geladenen Zwischenräume. Sie macht sich bemerkbar als etwas samtig Anwesendes, als eine Auskleidung der Gefäße und Organe.

Die Gesamtliebe ist unbelehrbar wie die Einzelliebe und bedarf keiner Rechtfertigung. Genossin, Schwester, Liebste, Schönste, schrieb Toma, ein kleines russisches Mädchen in großen lila Buchstaben aus einer Stadt in Sibirien, einem Industriewerk für eine Million Menschen, einer kolossalen Arbeitergemeinschaftswohnung. Und die kurzbeinigen Generäle mit den bronzenen Brustkörben traten auf, die Soldaten schoben noch einmal ihre Besen am ausgestreckten Arm über die Straße, die Villa des Schokoladenfabrikanten neigt sich dem Fall entgegen, und die Mütze des letzten russischen Offiziers rutscht vom Schrank. Der Mond steht über dem Bahnhofsgelände, weiß im Morgenblau, die Parallelen der zwei Schienen eines Gleispaares treffen sich im Unendlichen, hinter den steinernen Fluchtpunkten der Schornsteine und der Lichtmasten, der Kabelbäume, hinter dem Gestängewald.

Die ersten Jahre trat ich ans Fenster wie andere Leute ans Meer. Meistens ruhte es. Es tat nichts, um meine Aufmerksamkeit zu reizen. Es richtete sich überhaupt nicht an mich. Es nahm keine Notiz. Es existierte für sich, nach seinen Gesetzen. Es war Natur. Die Natur vor meinem Fenster.

Ich war es, die sie umwarb.

Immer lag sie nachlässig da, verwildert, verkommen, so daß jeder Fremde sich vor ihr fürchten mußte. Nur ich verstand mich auf das erschöpfte Gesicht dieser Stadtwelt.

Durch langes, genaues, liebendes und wütendes und verzweifeltes Anschauen gewann ich sie ganz langsam, Jahr um Jahr, für mich. Sie hat keinen Liebreiz. Nichts Zärtliches, nichts was tröstet. Sie war die Welt, die es auszuhalten galt, und ich war ihr gewachsen.

Das Sofa liegt rücklings im Zimmer.

Aus der Dachkammer nebenan habe ich einen Fuchsschwanz geholt, und jetzt setze ich ihn genau in der Mitte der Sitzfläche, auf der plüschbezogenen Vorderkante an, einer breiten Verkleidung, hinter der ich ein zentimeterstarkes Brett vermute. Ich ziehe den Fuchsschwanz kräftig rückwärts; im Unterrichtstag in der sozialistischen Produktion habe ich ihn zu handhaben gelernt. Aber sofort bleibt er stecken. Zwei Zentimeter ist das Sägeblatt über den

Stoff gerutscht, er verzog sich und sprang wieder zurück.

Der Unterricht fand statt in einer Baracke mit Dachpappenverschalung, im Garten einer sächsischen Schraubenfabrik, auf einer Wiese voller Sauerampfer, neben einem alten grauen Kino. Auf dem Grat der Sierra Madre erschien ein Reiter im Gegenlicht. Aus der Schraubenfabrik, die eher einer Werkstatt glich, drangen einzelne Geräusche von aneinanderstoßenden Werkzeugen und herunterfallenden Schrauben, nach denen sich niemand bückte.

Ich setze die Sägezähne wieder auf den grünen Plüsch, gelbgrün ist er stellenweise, das Licht hat das Chlorophyll herausgesaugt; ich versuche es noch einmal. Ich muß die Zähne entschlossener in das Gewebe drücken, ich stoße die Säge mit aller Kraft wieder vor. Aber nur ein Holpern, ein Flattern, und sie rutscht ab. Ich trete einen Schritt zurück. Das Sofa liegt so unberührt auf dem Rücken, als sei lange kein Mensch in diesem Zimmer gewesen. Die Staubpartikel schweben durch das Morgenlicht.

Ich setze die Säge wieder auf das Holzbrett. In einem Ausfallschritt nehme ich Schwung, mit einem Flattern reißt das Gewebe zentimeterlang auf.

Es hat geklingelt!

Ich habe gesehen: da war etwas Festes unter dem Stoff, als er riß.

Mein Geliebter steht vor der Tür.

Mein Geliebter ist so unverhofft erschienen, daß ich für Augenblicke vergessen habe, woher er kam und in welchem Leben ich ihn unterbringen soll. Ich kann ihn für den Moment nirgends unterbringen. Und auch mich selbst, nirgends.

Ich ziehe ihn auf die Treppenstufen. Er läßt sich ziehen, reserviert und hingabebereit zugleich, und ich schmiege mich, gezogen von dieser Spannung, ihm an.

Es ist Sonntag, erinnert er mich.

Ja! Ich habe nicht daran gedacht. Fangen nicht die Sonntage spät am Morgen an? Ich aber bin schon seit Mitternacht wach, seit einem schon weit zurückliegenden Morgen. Ich habe den Sonntag nicht erkannt. Jetzt erinnere ich mich: die Sonntage gehören meinem Geliebten.

Das habe ich vor drei Jahren so eingerichtet. So versuche ich das Geschehen zu überschauen, das sich hinter mir auftürmt und mir von vorn entgegenschlägt. Mein Liebster könnte sich darin verlieren, wenn ich ihm nicht einen umrandeten Platz freihielte.

Etwas Behutsames geht von ihm aus, wenn er in meiner Nähe ist. Auch wenn er weggeht, oder jemand geht an ihm vorbei oder bleibt direkt vor ihm stehen, nimmt er keinen Einfluß.

Ich weiß nicht, worüber er nachdenkt. So kann ich seine Gedanken nicht lieben, wonach es mich verlangt. Und so weiß er nicht, wie sehr mich eines anderen Menschen Gedanken bezaubern können, wenn sie nur einem fremden unberechenbaren Gesetz gehorchen.

Doch jetzt, da wir beide nebeneinander auf der Treppenstufe sitzen, ist es wie in der Kindheit, als man über irgend etwas redete, während die eigene Schienbeinseite fest und zufällig an der warmen Schienbeinseite eines andern anlag.

Er wartet. Vielleicht vermutet er, ich habe einen Plan? Nichts dergleichen habe ich. Unsere Liebe hat unsere Zukunft noch nicht berührt, sie hat sie noch nicht gefunden, und ich kann ihr den Weg dorthin nicht zeigen. Meine Zukunft irrt durch die weite Welt. Ich muß sie erst wieder einfangen. Vielleicht ahnt er das? Oder nicht? Die Liebe beruht ohnehin auf Vermutungen. *presumptions*

Er soll wieder gehen. Er soll mich wiedersehen, wenn ich mit allem fertig bin. Vor fünf Jahren zerfiel ich in meine Einzelteile. Aber langsam, ohne daß ich es merkte. Zwei Jahre hat es gedauert, bis ich merkte, daß sich die Einzelteile nicht mehr zu einer Tat aufrufen ließen, die von mir stammt. In dieser Zeit begegnete ich meinem Geliebten, einem Menschen im Gleichgewicht. Er ließ sich nichts anmerken, kommentarlos kaufte er sich ein neues Auto, als hätte er nicht auch ein Jahrzehnt darauf gewartet. Selten, nur wenn ringsum bis zum Erbrechen geeifert wurde, hörte ich ihn plötzlich Urteile abgeben: anmaßende, hilflose, nachgesprochene Sätze. Als müsse endlich auch er sich wehren.

Wenn ich mich wieder zusammengesetzt habe, möchte ich ihm wiederbegegnen. Am Montag ist alles vorbei, dann will ich ihn in meine Arme schließen.

Wieso am Montag? will er wissen.

Ich begleite ihn ein Stück abwärts; er nimmt es zur Kenntnis. Wie den Eisenbahnzusammenstoß unter meinem Fenster, den ich neulich in seiner Gegenwart erlebte, worauf er mich in seine Arme nahm und wiegte.

Geh! sage ich und sehe seinem Haarschopf nach. Ich lasse meinen Kopf in den Treppenschacht hängen; ganz unten, auf dem Grund des achtzigjährigen Hauses, erscheint das Gesicht meines Liebsten, ernst und schön und zu mir emporgewandt wie im Liegen.

Im nächsten Augenblick bin ich drinnen, schließe die Tür hinter mir ohne Geräusch. Da liegt es, bewegungslos, und wartet auf mich. Die Sonne flutet am hellichten Tag zum Fenster herein, direkt unter die stumpenförmigen Holzfüße, auf die runden Fußsohlen, die noch nie Licht bekommen haben. Hinein in den von mürben Gurten gehaltenen Unterbau, aus dem die verrutschte Spannfeder hängt. In die ganzen ausgeleierten Zusammenhänge, die nur noch ein Rest Holzwolle hält. Überall im Tierreich, bei allen höheren Arten, unterliegen die Lebewesen einer Angriffshemmung, sobald das Gegenüber seine empfindlichste Seite preisgibt. Auch die Menschen sind ursprünglich damit ausgerüstet. Eigentlich kann ihnen nichts geschehen. Das ist von der Natur so eingerichtet. Die Menschen sind fehlerlos konstruiert.

Ich versuche, diese Tatsache täglich im Auge zu behalten. Nach langem Herumirren habe ich darin einen Halt gefunden: Die Naturgesetze sind nicht auslegbar. Sie sind weder gut noch böse. Man muß sie im Auge behalten. Jetzt muß man fest auf den ursprünglichen Bauplan schauen, um nicht den Verstand zu verlieren. Wenn ich aus dem Fenster sehe, liegen die Gleise leicht wie ein Spinnennetz über dem Abgrund.

Den Fuchsschwanz nehme ich schräg, das fleckige Sägeblatt ragt ins Sonnenlicht, ich lege meine linke Hand neben die Stelle an der Vorderwand der Sitzfläche, wo vorhin der Riß entstanden war. Das Holzgerippe ist zu sehen!

Ich muß mit beiden Füßen auf die Rückenlehne treten, um mit meinem Körper den Polsterkörper gegen den Sägedruck zu spannen, indem ich die Linke gegen die senkrecht stehende Sitzfläche stemme.

Ich gebe zu, das Leben ist leichter geworden. Doch worin diese Leichtigkeit bestehen soll, weiß ich nicht. Offenbar hat sie mit praktischen Dingen zu tun. Wie man etwas von hier nach dort trägt, und es ist leichter geworden.

Meine Hand rutscht ab. Hier haben unruhig die Waden meiner Großmutter gerieben, denn draußen wartete immer ein Güterwaggon im Schneeregen in der Nacht, ein Nachtzug, ein Frühzug, und schon verschwand sie hastig bis zu den Knien in den Gummistiefeln und eilte durch den Schlamm des Radiumbades dem unteren Bahnhof zu, in seufzendes Selbstgespräch vertieft, in Anfeuerungsrufe, Beschwörungsverse, während die eiskalten Wasserbatzen auf ihre Augäpfel klatschten. Glaubte sie an Gott? Wie am Ende, als sie die halbe Nacht unter ihrer bunten Bettmütze laut mit ihrem Heiland

34

sprach? Aber dazwischen? Während sie die Fördergestänge aus den Nachtschichtzügen schleppte? Mit wem seufzte sie da so inbrünstig?

Wie die Russen. Die Russen sprachen auch mit sich selbst. Wenn kein anderer Russe in der Nähe war, redeten sie dennoch oft in ihrer Muttersprache: laut und theatralisch, unentschlüsselbar, großartig. Wie meine Großmutter bei schwerer Arbeit.

Vergleich Großmutter mit den Russen

Wann ist das gewesen? Vor hundertfünfzig Jahren in einem Dorf im Erzgebirge, in den Anfängen des Manufakturwesens der Seidensticker und Filetnetzknüpfer, in der Gesellschaftsformation der Kriolinenfabrikarbeiterinnen, im Übergang zur Formation der Werktätigen unter Tage im weltberühmten Radiumbad Oberschlema, als ich vor meiner Großmutter auf dem grünen Sofa saß und mir Zucker in ein Malzbier rührte. Aus der Zinkbadewanne heraus fragte sie mich die Geschichtsepochen ab bis zum Sozialismus als relativ eigenständiger Formation.

Das haben wir jetzt, erklärte ich ihr.

Ein Handtuch um die Hüften, scheuerte sie die Wanne, und ich entwickelte den Satz vom Proletariat und den nichtzuverlierenden Ketten. Sie kam mit dem Kopf hoch und staunte, sie glühte

35

am ganzen Körper. Sie stand da, nackt, staunte wie ein Kind, und lachte irgendwie mit den Fußzehen.

Jetzt ist mir mit dem Sägeblatt ein fester Schnitt durch die Kante gelungen, durch die Stelle, um die sich gewöhnlich die Kniekehlen wölben. Ich fühle die Sägezähne auf meiner Kniekehle aufsitzen.

Aber ich werde es zu Ende bringen! Es heißt, es dauert sieben Jahre. Wie die Erneuerung aller Zellen des menschlichen Organismus. Bei Personen über Fünfzig soll es länger dauern, vielleicht zwanzig Jahre. Bei Älteren bis zum Tod. Nach der Lehre von der Unkorrigierbarkeit aller frühkindlichen Erfahrungen müssen junge Personen lebenslang betroffen sein.

Aber worum handelt es sich eigentlich?

Nur meiner um das Polster geklammerten Hand glaube ich noch, daß es Tatsachen gibt: Wo sich ihre Kniekehlen wölbten, wo sie mit ihrer Stadttasche auf den Knien saß, als kleine alte Frau zu Besuch in der Stadt, die Hände über der Tasche gefaltet, mit ihrem immer erwartungsvoll glänzenden Blick, und ihre dünnen Beine mit den schweren orthopädischen Schuhen hingen in der Luft.

Mit einem blitzschnellen Schnitt des Sägeblatts habe ich die Sitzfläche aufgeschlitzt. Ich muß

36

den Stoff mit beiden Händen fassen und auseinanderreißen. Ich muß ihn mit einer Hand spannen und den Stoff sägen, ich muß den Plüsch sägen wie ein Brett, bis er in einem Strom von Plüschsägemehl auf die Dielen rieselt, und ich mit einem endgültigen Ruck beider Fäuste voneinander weg das Gewölle herausbringe, das mir klumpig entgegenfällt in Batzen, ausgetrockneten knotigen Gewächsen und ein trockener, sich totstellender Geruch sich ausbreitet. Es ist der Geruch, der von den Lebenden vergangener Generationen übrigbleibt; wie ihre Seelen im Himmel, so nistet sich ihr unsterblicher Eigengeruch in den Eingeweiden ihrer Polstermöbel ein. Dabei nimmt er eine unverwandte Note an, die von jahrzehntelang angehaltener Luft. Die Verwesung, die ein Scheintoter simuliert, damit er um so ungestörter überleben kann. So überlebt alles Gewesene, ich rieche es!

Die Tüte mit den aufgebügelten Geschenkbändchen roch so. Ihre Hüte und die Haut unter dem Kinn, wo das Gummiband einschnitt. Ihr hartes Handgelenk im Bett, auf dem mein Gesicht gelegen hat, auch.

Ein schöner Sonntag, an dem ich mit der einen Hand den rechten Rand des Risses halte und mit dem Fuß den linken Rand mit aller Kraft von mir wegstemme, um mit der freien Hand dieses Sofa auszuweiden, ich, die ich auf den bloßen Anblick von Gewalt bereits mit Schmerz reagierte.

Man muß den alten Menschen ablegen und den neuen anziehen, das sagte Paulus, von dem ich nichts wußte. Auch Gott war mir fremd. Doch mir mangelte nichts. Die Kreidepfeile auf den Schultafeln stiegen in einem Winkel von 45 Grad aufwärts ins Unendliche. Unabwaschbar. Wie die Pfeile auf den alten Häuserfassaden: zum Luftschutzraum.

Das ist vorbei. Schon daß der Schmerz eine Reaktion ist, macht ihn jeder Aktion unterlegen. Mit Schmerz beginnt nichts; das Fühlen steht immer am Ende, und selbst dort noch, am Ende, lähmt es. Es nährt den Zweifel; jegliche Tat aber entspringt der Überwindung des Zweifels, und sei es für einen Sekundenbruchteil. Der Tatmensch hat vor die Handlung die Selbstbetäubung gesetzt. Sie ist es, die ich immer verachtet habe, die Selbstbetäubung. So fiel es mir nicht schwer, auf die Tatmenschen mit leichter Herablassung zu sehen, zu denen ich nie gehörte. Aber das ist vorbei!

Zugegeben, ich weiß nicht mehr, wie die Welt zusammengesetzt ist. Ich habe mir eine geographische Karte gekauft, um die neuen Entfernungen von mir zu einem beliebigen Punkt meiner Umgebung ablesen zu können. Eines Morgens wachte ich auf an einem mir unbekannten Ort, der mit einigen vertrauten Zeichen sich stellte, als sei es der alte. Ein Verwirrspiel, das bereits fünf Jahre zurückliegt, und das zu durchschauen mir bis heute nichts genützt hat. Die Zeitungen betreiben und entlarven es. Meine Lage bleibt davon völlig unberührt. Wie alle habe ich ein paar Figuren eingeübt, die die Außenwelt über diese Tatsache täuschen. In Wahrheit taste ich, die Augäpfel nach oben gerollt, mit einem Stöckchen die Bordsteinkanten ab.

Ich habe gehört: Noch einmal anzufangen, dafür sei es bereits zu spät. Eine Tat, wie sie mir vorschwebt, geschähe bereits eine Tausendstel Sekunde vor Zwölf. Wenn es zutrifft, daß der Kosmos im Moment des Urknalls völlig geordnet war und daß diese anfängliche Ordnung sich nach und nach in Unordnung verwandelt, nach dem Gesetz der Entropie, so trennt uns nur noch eine Tausendstel Sekunde vom kosmischen Wärmetod. Abwendbar wäre er nur, wenn nicht das Licht, als das Maß für Unordnung, die Materie, das Maß für Ordnung, überflutete, sondern bei Umkehrung des Ganzen: Wenn also die Materie das Licht in den

Schatten stellte. Daran wäre zu arbeiten. Aber wer fängt damit an?

Ich! Ich muß es sein! Im Unterrichtstag in der Produktion lehrte man mich mit Bügelsägen und Blattsägen umzugehen. Für mich ist die Welt kein Bild und Widerbild. Jederzeit erinnere ich mich, daß man sie anfassen kann. Sie besteht aus Körpern und geladenen Zwischenräumen. Die Grundlagen sind mir bekannt durch Berührung. Ich fange noch einmal an. Ich fange von vorne an. Ich zerlege alles bis auf das Skelett. Und dann setze ich es fehlerlos wieder zusammen!

Drei Stunden lang habe ich meine Füße in Schuhen in die Eingeweide gestemmt, meine Hände, von Lappen umwickelt, um einen metallenen Bügel gekrallt, ein Eisenstück von der Stärke einer Stricknadel und der Länge der Sitzfläche, das in Höhe der Kniekehlen mit der Holzwolle verwachsen schien und an beiden Enden im Holzgerippe wurzelte. Drei Stunden habe ich so im spitzen Winkel über dem Fußboden gehangen, da reißt der Bügel aus dem Holz, und ich stürze zu Boden.

Das Nasse strömt mir über die Stirn, die Schläfen, in die Ohrmuscheln, in die Gänge, in die Schächte meiner beiden Ohren, in den Kopfgrund und schäumt.

Vor mir liegt es mit weit klaffendem Bauch: das
Tier.

Da steht Frau Händsch im Zimmer.
Sie hat sich schon mit Händen und Füßen in
mich verklammert, sie ist schwer wie ein Stein,
denn ich stehe steif in ihren Armen, die an mir
rütteln, ihre Schläfe drückt gegen die meine,
durch den Kopf hindurch fühle ich ihre Augen
rucken.
Jetzt bewegt sie sich nicht mehr.
Ihre Hände halten meinen Rücken. Ihren Rük-
ken hinab, genau wohin ich sehen kann, ent-
rollt sich eine weiße Schleppe, eine Binde, die
unter der Kopfsocke vorgerutscht ist. Ich fasse
mit zitternden Fingern den Mull, voller Angst,
er könnte noch warm sein von einer Wunde.
Etwas unerträglich Weiches stößt an meine Fin-
gerkuppen. Frau Händsch packt meine Handgelenke und zieht mich im Schlepp durch das
Treppenhaus.
Im Korridor die Schuhschränke, der Geruch
der Kinderschuhe und der Geruch von einer
Wunde, der aus einer aufgegangenen Binde
strömt. Frau Händsch preßt sich an meinen
Rücken und hält mich von hinten fest. Zwei
kleine Stirnen erscheinen schräg in einem Tür-
spalt, dann Augen.

Ich habs nicht gewußt! schreit Frau Händsch.

Unten an der Diele schiebt sich ein dritter, noch kleinerer Kopf vor. Frau Händsch keucht in mein Ohr. Jemand viertes hält den Atem an und schlüpft vom Nachbarzimmer zu den drei anderen.

Fränzi, fleht Frau Händsch leise.

Das Kind verschwindet erschrocken hinter der Tür.

Fränzi, flüstert Frau Händsch; das Kind hält hinter der Tür den Atem an.

Jetzt macht sie einen Schritt nach vorn und schiebt mich wie ein Schild. Die Kinder schauen plötzlich auf mich, aber nicht lange, und nur, weil ich mich bewegt habe. Beim zweiten Schritt schwärmen sie ohne Ton auf und sind verschwunden.

Frau Händsch stößt mich weg und reißt die Tür auf. Die Kinder stehen aufgereiht da und stürzen nach rückwärts, Frau Händsch folgt ihnen, die Älteren fliehen unter den Tisch, Frau Händsch schleudert die Stühle weg, die Haube rutscht von ihrem Kopf, sie kniet vor dem Tisch, die Binde ringelt sich wie eine Haarpracht und fällt ab. Die drei Älteren unter dem Tisch geben keinen Laut von sich. Hinter der Tür fängt das kleinere Kind wieder an zu schreien, monoton wie ein Apparat.

Frau Händsch hockt auf allen vieren vor dem
Tisch, den rasierten Kopf aufgerichtet. Er hat
keine Wunde. Dort wo der Hinterkopf war, ist
eine Metallplatte.
Frau Händsch weint. Ihre Finger auf dem Boden knicken ein.
Guten Abend, sagt neben mir jemand und stellt
eine Tasche auf die Garderobe. Herr Händsch
trägt einen grauen Anzug, eine Krawatte mit
gelben Strichen und riecht nach Parfüm. Das
Kind hinter der Tür hält im Schreien inne.
Er kniet sich neben Frau Händsch, hebt die
Binde auf und fängt an, sie um zwei Finger zu
wickeln, als wickele er eine Kreiselschnur auf.
Das Kind kauert dabei mit offenem Mund und
gibt schnarchelnde Laute von sich. Er legt das
Ende der Verbandsrolle auf die Stirn von Frau
Händsch und zieht die Rolle um den Kopf. Unter den Tisch ruft er nach dem Abendbrot, mit
einer Stimme, die Rangierzüge dirigiert.
Sie bleiben natürlich! sagte er zu mir.

Jetzt essen Sie richtig!
Wo wohnen Sie?
Ich?
In unserem Haus?
Frau Händsch nickt heftig.
So. Ich schlafe am Tage, ich seh keinen.

43

Früher! berichtigt Frau Händsch.

Na gut, früher. Also ich seh keinen. Sie waren wohl gerade auf der Treppe?

Ja, beeilt sich Frau Händsch zu sagen.

Komisch. Sie hab ich noch nie gesehen. Was machen Sie?

Ich?

Wir begegnen uns manchmal auf der Treppe, sagt Frau Händsch und legt ihre Hand auf meine.

Das ist uns passiert, und das machen wir durch! sagt Herr Händsch.

Frau Händsch wird rot.

Es wird alles bissel umrangiert und dann: Doppelpfiff!

Das heißt: Achtung Zug kommt, erklärt Frau Händsch.

So läuft das, sagt Herr Händsch müde.

Keiner kommt ungeschoren davon.

Er rutscht ein Stück in den Sessel hinein.

Sie etwa?

Ich?

Na darauf trinken wir einen.

Aber sowas ändert sich von einem Moment zum anderen!

Bei mir geht das mit dem Kopf aber schon zehn Jahre, sagt Frau Händsch. Herr Händsch sagt: In meiner Rangiertruppe kam schnell mal was zwischen die Puffer. Haben Sie einen gefährlichen Beruf?

Ja, antworte ich. Mir schwindelt.

Na also! Die Hände? Was wäre Ihnen eine abgesägte Hand wert?

Nichts, sage ich.

Na darauf können wir nur trinken. Aber zwei Hände?

Gar nichts.

Verachten Sie unsereinen?

Ich?

Das war falsch, sagt Frau Händsch, jetzt kommt erst der Arm.

Das war genau richtig, sagt Herr Händsch.

An der Stelle kommt der Arm, dann beide Hände, dann beide Arme, beharrt Frau Händsch, zum Schluß der Kopf.

Ich muß das ja wissen, ich hab das doch gelernt, sagt Herr Händsch.

Ich hol deine Mappe! Frau Händsch steht auf.

Ich sitze fest. Ich möchte etwas sagen. Aber was ich sagen will, entfernt sich als Leuchtschrift in Richtung Horizont, der hier im Parterre in Augenhöhe liegt. Angst überfällt mich wie in einem Alptraum, es nicht entziffern zu können. Es ist ein Satz, etwas Kurzes, eine Losung, ein Slogan, auf den das alles hinausläuft, und es entschwindet in einem fort.

Ich habs ja gewußt, ruft Frau Händsch und schlägt feierlich die Mappe auf. Sie greift nach meiner Hand und wendet mir ihr Gesicht zu. Was ist Ihnen diese Hand wert?

Herr Händsch rutscht tiefer im Sessel zusammen.

Dreißigtausend Mark?

Meine Hand liegt abwartend in ihrer, die sie sanft festhält und jetzt anfängt zu streicheln, mit einem routinierten, zärtlichen, mütterlichen Griff; augenblicklich erschlaffen meine Muskeln, mein ganzer Körper gibt nach. Frau Händsch schiebt ihre zweite Hand unter meine Handfläche. Ich denke nichts.

Und den ganzen Arm, spricht Frau Händsch weiter und schiebt ihre Hände über mein Gelenk am nackten Arm nach oben, den können Sie auch verlieren!

Dicht vor mir glüht ihr erschrockenes Herzgesicht. Sie redet angestrengt: Alles an ihrer Person kann durch Unglück Schaden erleiden!

Herr Händsch schenkt nach.

Auch das, was Ihnen am meisten wert ist. Was ist Ihnen am meisten wert? fragt Frau Händsch. Sie blickt mich so dringlich an, wie man in Kindergesichtern nach dem Gewissen sucht.

Herr Händsch trinkt allein.

Was ist es? will Frau Händsch wissen. Sie ruckt an meinem Arm, aber sie stottert nicht.

Das weiß längst keiner mehr, sagt Herr Händsch.

Was ist es? beharrt Frau Händsch, faßt behutsam mein Kinn und dreht es zu sich herum.

Der Kopf, antworte ich.

Der Kopf, sagt sie und nickt und streicht über meine Wange.

Er ist hunderttausend Mark wert.

Aber nur bei Unfall, sagt Herr Händsch.

Mit zehn Mark Monatsbeitrag kann Ihnen nichts mehr passieren, sagt Frau Händsch, hunderttausend auf die Hand, wenn doch.

Sie stemmt ihren Zeigefinger auf die Stelle im Formular, wo das steht.

Das ist geschenkt! ruft Herr Händsch.

Oder? Was sagen Sie?

Ich?

Sie unterschreiben das jetzt, oder? flüstert Herr Händsch und faßt meinen Kopf. Er schaut mich an mit einem seltsam frischen Lächeln, bei dem er nicht atmet.

Tun Sie es!

Frau Händsch legt mir einen Stift in die Hand und schließt meine Finger um ihn herum, aber ich danke.

Ich nehme einen meiner zehn Stifte aus Zedernholz, die ich immer bei mir trage. Ich tue nichts ohne sie. Steil setze ich meinen Namenszug auf den Strich in der Mappe neben dem Zeigefinger von Frau Händsch. Dann falle ich gegen sie, mein Gesicht liegt auf ihrer Brust, während sie mich streichelt, sanft und lobend.

Es ist Montag.
Wenig Licht dieses hochsommerlichen Montags dringt durch das Kellerfenster, durch das ich Füße und Beine der Vorübergehenden beobachte. Da gehen die Füße von Frau Händsch! Ungeschickt, wie von Drähten gezogen, heben sie sich auf das Trittbrett des Krankenwagens. Hastig zwänge ich durch den Spalt des Klappfensters meine Hand und bewege sie auf und ab.
Letzte Nacht noch bin ich in den Keller gestiegen. Niemand hat mich gesehen. Auch der Mann, den ich liebe, nicht.
Jetzt nähern sich seine Beine von der Bordsteinkante her, auf die sie soeben gesprungen sind, mit einem verhalten freudigen Schritt, einem Hüpfen, das noch zwei Schritt fortschwingt. Da, genau vor dem Klappfenster mit meiner heraushängenden Hand halten sie inne.
Ich werfe mich mit ausgebreiteten Armen rückwärts gegen das Massiv aus alten Kohlen, die

vom vorigen Winter übrig sind, über das, was ich letzte Nacht säuberlich darübergeschichtet habe: Zwei abgetrennte Wülste von Armlehnen, mehrere Büschel Holzwolle, in den Futterstoff der Rückenlehne wie in Säcke eingebunden, das zersägte Skelett nach Länge der Teile gebündelt, die grüne Decke kleingerissen und zu Päckchen gefaltet, obenauf die vier Holzfüße, miteinander verschnürt. Jetzt höre ich seine Schritte im Kellergang.

Ich kann ihn sehen, zwischen den Latten der Kellertür: seine Augen. Sie fahren langsam in den Ritzen auf und ab, bis sie uns gefunden haben.

Hinter meinem Rücken das Tierchen hält still.

# II

Fliegen ist schön. *freedom*

Die Menschen fliegen im Himmel, ohne im letzten Augenblick zu schauen, wie die Erde aussieht: ein abgefahrenes Rollfeld, schwarz vom Gummi der Räder von Fluggeräten, mit einer dicken Schicht aus Abrieb überzogen, auf der sich Hunderte von Parallelspuren überlagern, in die alle Anspannung der letzten Sekunden vor dem Verlassen der Erde gepreßt ist.
Ein einziger Krampf, von oben gesehen.

Und plötzlich ändert sich die Lage. Stille tritt ein. Als habe sich jemand Bedenkzeit ausgebeten und denkt jetzt über einen nach.

*△ self-perception*

Die Luft ist rein, gefüllt mit Licht, das aus den Poren des Weltalls unaufhörlich nachsickert.

Ich flog auf und davon in Richtung Westen, um die Sonne einzuholen, aber das ergab sich von selbst.

Ich flog und flog, als müßte ich die Erde an einem Tag achtzigmal umkreisen. Als wäre ich mit Flügeln auf die Welt gekommen.

Der Flugkapitän ging durch die Kabine; er war so groß, daß er den Kopf ein wenig senkte dabei. Er war also gar nicht unbedingt nötig dort vorn, mein Gefühl trog mich nicht: Ich flog von ganz allein.

*detached*

*Flying in imagination –
not literally in
plane*

Wann hast du das gelernt? fragte ich mich. Aber im selben Moment war es mir schon egal. Die Gegenwart kann so vollkommen sein, daß Fragen an ihr abgleiten wie dünne Männchen in Bergausrüstung, die einen runden, blanken, rotierenden Himmelskörper besteigen wollen. Ich flog auf diesem herrlichen Planeten dahin und ringsherum leuchtete es in den Spektralfarben. Es ging nach Westen, auf der Bahn der Sonne, durch schneeweiße Wolkenburgen, wo ich leicht hätte zu Hause sein können, ein und ausspazieren und davor ausgestreckt liegen.

Ich teilte meinen Sitzplatz mit einer Frau, sie breitete eine Decke über unsere Beine, eine dunkelblaue, filzartige und schwere Decke, wie sie in den Gepäckfächern bereitliegen.

Fliegen ist schön, Fliegen auf einer dichten, undurchsichtigen Wolkenschicht.


Ich saß da, und die Spitzen meiner Schuhe sahen unter der dunkelblauen Decke hervor. Etwas stimmte daran nicht, aber je länger ich hinsah, desto zufriedener machte mich der Anblick meiner Schuhspitzen dort am Deckensaum. Es herrschten offenbar andere Regeln, auch meine Nachbarin trug Schuhe im Schlaf. Ich lag, verpackt gegen die Kälte in zehntausend Metern Höhe, in meinem Sitz, blickte auf meine Schuhe und überlegte, ob ich damals, als ich das letzte Mal vollständig winterlich bekleidet unter einer Decke gelegen hatte, auch Schuhe trug. Es traten braune blankgeputzte Schnürschühchen auf mit sechs blechgefaßten Ösen und straffen Senkelschleifen und jemand, der ich werden sollte, stemmte diese kleinen gewienerten Schuhe gegen das Federbett und dann gegen die über den Schlitten gespannte Filzdecke, ganz gerade nebeneinander, weil sie so fest geschnürt waren, ganz starr vor Staunen und Erwartung, und draußen zogen die meterhohen Schneewände vorbei.

Ich merkte, wie das Flugzeug uns sanft zu schaukeln anfing.

Meine Schuhe lagen unter einer Decke, ebenso die meiner Nachbarin, als hätten sie ihre Aufgaben, uns über die Erde zu tragen, endgültig erfüllt. Als seien sie der Bodenberührung für immer enthoben.

Meine Nachbarin erwachte aus ihrem Schlaf, tastete nach ihrer Handtasche und hielt mir wortlos lächelnd einen Leporello mit blassen Fotografien hin, blaßblau, blaßgrün, blaßweiß. Sie schlummerte darüber wieder weiter, und ich sah ruhig hinüber auf die Bildchen, die in ihrem Schoß lagen, angemessen weit entfernt, unaufdringlich und auf eine selbstbewußte Art verloren lagen sie da und zeigten irgendeinen Fleck in Amerika. Sechshundert Quadratmeter mit einem Flachhaus und sechstausend Kubikmeter Himmel.

Der Flugkapitän kam wieder zurück, drückte beiläufig halboffenstehende Gepäckfachklappen zu und zog, ohne nach uns zu sehen, im Vorbeigehn die Decke über unsere Schuhspitzen.

Ich war nicht müde. Auch die Kinder, die dick verpackt in den Wagen und Schlitten liegen, sind nicht immer müde, wie es den Anschein hat. Sie liegen da, fühlen sich selbst und tun nichts anderes. Nach etwa sechs bis sieben Minuten stellt sich eine genaue Wahrnehmung dafür ein, wie man mit hoher, gleichmäßiger Geschwindigkeit als ruhender Körper durch den galaktischen Raum getragen wird. Nach weiteren Minuten fühlt man die Wölbung der Erdkruste im Rücken und wie die Gravitation die Zentrifugalkräfte in Schach hält. Sogar jetzt, ohne Erdkontakt, machte ich noch ein leichtes Hohlkreuz.

Wie geht es Ihnen? erkundigte sich meine Nachbarin. Sie fragte es auf deutsch, aber am Tonfall erkannte ich die amerikanische Frage. Ich wandte mich der Frau zu. Die Bildchen lagen noch immer auf ihrem Schoß, und ich stellte sie mir mit Hut und Hosenträgern vor diesem Haus unter dem blaßblauen Himmel stehend vor, die Hände in die Hüften gestemmt. Ich lächelte ihr zu und hoffte, sie möge sich auch von mir ein schönes ruhiges Bild vor einem Hintergrund machen.

Okay, sagte sie, sie habe nach fünfzig Jahren ihre Geburtsstadt Berlin wiedergesehen.

Die Maschine flog jetzt schneller, wir alle wollten den Sonnenuntergang nicht verpassen, auch der Kapitän nicht, er beeilte sich. Es lagen rote Streifen in der Luft, lange rote Teppiche.

Und Sie, fragte meine Nachbarin, kommen von –?

Meine Nachbarin hatte vielleicht ein halbes Jahrhundert an Berlin gedacht? Ganz selbstverständlich mochte ihr alles, was hinter dem Atlantischen Ozean war, die gesamte europäische Erdplatte, auf Berlin zusammengerückt sein, während sie mit ihrem Texashut im Nacken Land urbar machte, um Gemüse zu ziehen. Welchen Sinn hatte es, ihr nach fünfzig Jahren den Namen einer deutschen Stadt zu nennen, mit der sie nichts verband?

Aus Berlin, sagte ich kurz entschlossen.

Sie strahlte und warf die Decke von ihrer Schulter.

57

Tatsächlich fragte sie nun: Aus Niederschöneweide?

Aus Oberschöneweide, sagte ich prompt.

Just fun! rief sie aus. Da hörte ich es zum ersten Mal, das Unwiderstehliche an den Amerikanern: die Freudenrufe, die sie im Moment des Staunens ausstoßen. Als entdeckten sie Land.

And? sie war vor Aufregung in ihre Alltagssprache verfallen.

Mathildenstraße, kam ich ihr zu Hilfe, gegenüber vom VEB Kabelwerk Oberspree.

Ich erinnerte mich, dort einmal übernachtet zu haben, in den siebziger Jahren.

VEB Kabelwerk Oberspree, wiederholte sie mit starkem amerikanischen Akzent.

Draußen im Weltall dämmerte es, blaue und rote Streifen sickerten ineinander, lösten sich in Leuchten auf, weiter vorn schien sich der ganze Kosmos in Abglanz aufzulösen.

VEB Kabelwerk Oberspree, wiederholte die Amerikanerin konzentriert, als wolle sie eine Fischkonserve ohne Werkzeug öffnen.

Rasch drückte ich ihre kleine knochige Hand, mit einer Entschiedenheit, daß sie schwieg.

Das Flugzeug zog geradewegs in das bunt glühende Weltall hinein, wenn uns auf der Gegenbahn andere Flugzeuge begegneten, so waren es lächerlich kleine, die einen Abstand von vierzig

58

Kilometern halten mußten. Das ist Vorschrift im Luftverkehr.

Ich tat nichts, um das Fliegen zu beenden. Ich zählte auch die Stunden nicht mehr und die Geschwindigkeit, mit der wir andere Gestirne überholten.

Auf der Erde warteten fremde Leute auf mich, um mir die neue Welt zu zeigen. Sie hatten sich einfach dazu bereiterklärt. Und ich hatte mir einen staubigen, hellen Platz darunter vorgestellt, über den der Schatten des Ganges von Yul Brynner ging.

Statt dessen fuhr mich das freundliche Paar in den Wald, wo sie lebten. Irgendwo im Geäst hüpfte etwas ruckartig und schlug abwechselnd mit Kopf und Schwanz auf Holz: ein großer Vogel.

Manchmal hing er einen Moment mit dem Kopf nach unten und guckte mich aus dieser Position kurz an. Er war blau, am ganzen Körper blau wie ein Vergißmeinnicht. Im Verhältnis zu diesem sanften Blau schien er von übernatürlicher Größe zu sein. Er war aber nicht größer als ein Specht. Und über und über bis in die Augenwinkel hinein blau. Er konnte sich mit den Zehen an der Unterseite eines Asts halten und mich ansehen.

Der Wald hatte vor zwanzig Jahren fünfzig Dollar gekostet, und hier lebte er. Die Besitzer des Waldes betrachteten ihn als Familienmitglied, hielten es jedoch für wahrscheinlich, daß er das genau umgekehrt sah. Sie erklärten mir, er lebte so, als stünde der Wald in der Zeit vor der Erfindung des Geldes. Damit stellte er die amerikanische Freiheit täglich auf die einzige Probe, die man ernstnehmen müsse. Sie führten mich in den Wald und plauderten, ohne mir Fragen zu stellen. Der blaue Vogel folgte uns, er kannte alle Geräusche, das besondere in seinem Revier war ein leises, unregelmäßiges Knistern und Quietschen, welches das Wegrutschen und Absacken eines alten Chevrolet im Waldboden begleitete. Er war auch blau und rostete nur langsam; er war von goldenem Herbstlaub bedeckt. Das Versinken dauerte bereits fünf Jahre.

Ungefähr zwanzig Kilometer südlich von Minneapolis Twincity, in einem der Wälder, die dort Briefkästen haben.

Ganz in der Nähe war ein Maisfeld. Es raschelte laut in der Sonne um vier Uhr nachmittags, nachdem ich in Amerika gelandet war. Der Himmel: ohne ein Wölkchen, ohne Flugkörper, von einer Schärfe, die mir Herzklopfen machte.

Ich schlief viel. Jede Nacht um Zwei erwachte ich. Ich blieb still liegen und wartete, daß es Tag würde, wie ich es gewöhnt war. Als nichts geschah, nach einer halben Stunde, überfiel mich jedesmal ein Glücksgefühl. Es steigerte sich zur Begeisterung, ohne daß ich mich im Bett bewegte. Ich hatte eine Erde verlassen und eine neue betreten; ich fand keinen Schlaf mehr.

Im Haus standen Kakteen, die bis an die Decke reichten und vom Keller in den ersten Stock, um das Haus abzustützen, und von einer Wand zur anderen, so daß man unter ihnen durchging, wenn man unten im Keller einen Brief frankieren wollte an einen orientalischen Despoten, der Unschuldige in Verließen gefangenhielt oder an den Obersten Richter der Vereinigten Staaten von Amerika, der die elektrischen Stühle unter sich hatte.

Auf den Briefmarken stand LOVE, und der Keller tuckerte tagsüber wie ein Maschinenraum, zum Bersten voll mit mechanischen, elektrischen und geistigen Kommunikationsenergien. Ich schlief wieder ein.

Ich vergaß, wo ich war und kehrte in die Luftkorridore zurück und durchmaß sie im Rückwärtsflug; viele andere Flugzeuge flogen dicht vorbei, alle in entgegengesetzter Richtung, also vorwärts, und jedesmal bei einer solchen Begegnung erzitterten beide Maschinen, ein Beben lief durch die Stahlkörper und ließ die Flügelspitzen erschauern.

Ich legte mich unter den Kakteen zurecht. Wenn man sich an einem ihrer Stachel ritzte, verformte sich die verletzte Stelle zu einem nicht voraussehbaren Gewächs, einer Form, die sonst am Körper nicht vorkam.

Ich schlief immer weiter, und nach sechs Tagen wachte ich das erstemal nicht mehr nachts auf, um für den Fortgang des früheren Lebens gewappnet zu sein.

Am Morgen war es in ein Loch gefallen und verschwunden.

Ich setzte mich in die Küche des Hauses. Es war ohne Genehmigungen, ohne Spezialisten für Statik, ohne Abnahmekommissionen errichtet worden. Es war ein amerikanisch frei gebautes Haus, von einem Mann gemauert, dessen große biegsame Hände geübt waren, Gedanken in Rede zu formen; jeder konnte sehen, welche geschmeidige Kraft dazu gehörte. Die Rede in die Tat umzusetzen, war für ihn eine Kleinigkeit. Von Kindheit an hatte er die Vorstellung, daß Bäume ein Haus von außen beschirmen und befächeln und von innen stützen müssen. Er hatte früh beschlossen, danach zu streben, diesen

Traum zu verwirklichen: die Bäume sollten im Haus stehen und die Autos zu Bäumen werden. Er wählte für innen Kakteen, weil sie wehrhaft sind wie Hunde und ebenso treu, sie sind auf Familie und Freunde geprägt.

Er erschien im Nachtgewand, hob seine Arme und streckte seine langen Finger zu den Stacheln unter der Decke. Er hieß David; ich betrachtete ihn wie alles, was mir begegnete: als sei es in gleicher Größe nebeneinander gesetzt.

Wir fingen an, Getreidebrei zu essen, als Julie mit ihren Übungen fertig war und sich zu uns gesellte. Sie machte jeden Morgen die Canadian Airforce Exercises.

Dann gingen wir in den Keller.

Es war der siebente Tag, aber eigentlich der erste, weil ich nun erst in der amerikanischen Zeit lebte; David legte seine Fingerspitzen auf einige Kippschalter und Sensoren, worauf sich die angeschlossenen Kapazitäten aktivierten. Der erste Briefkopf schob sich aus dem Drucker.

An Oberst Abdul Rahman al Muschir.

Der Keller fing nach und nach zu schütteln, zu rucken und zu schwingen an.

In Arabien, wo die Märchen spielen, saßen Leute in Kerkern, deren Namen David auf einer langen Liste sammelte, die er mir in die Hand drückte. David stand über den Drucker

gebeugt, seine Turnschuhe sahen unter dem lei-
nenen Nachthemd hervor.

Herr Oberst Scheich!

So begann der Brief.

Auch ich trug Turnschuhe, Pantalons mit Hosenträgern und ein Flanellhemd mit riesigen
roten und blauen Karos. Ich war in die Kleider
des Hauses geschlüpft, die für Gäste bereitla-
gen.

Ich erinnerte mich an die Despoten, an die
Herrscher, die Multis, Junker und Besitzer aus
Literatur und Liedgut. An die Kaiser und Kö-
nige der Märchen- und Sagenwelt. Aber noch
niemals hatte ich an einen von geraubten Edel-
steinen klirrenden Despoten einen Brief adres-
siert. Er hatte einen Namen!

Oberst Scheich Abdul Rahman al Muschir.

Ich richtete mich am Pult mit den Briefmarken-
kästen ein. Ich hatte das deutliche Gefühl, daß
alles früher nur Theorie gewesen war, eine Auf-
zählung der Stämme ohne Arten und kaum für
eine grobe Orientierung tauglich.

Ich legte die Briefumschläge links auf dem Pult
untereinander und fing an, die süßen Marken
anzulecken und aufzudrücken, love love love.

Nach weiteren sieben Tagen hatte ich die Canadian Airforce Exercises erlernt. Sie setzen sich

aus 20 Liegestütz, 15 Hockstrecksprüngen, 20 Kniebeugen, 18 Rumpfhebungen zusammen, die nacheinander in 180 Sekunden absolviert werden müssen. Ich kannte nun auch die Geräusche dabei, die wie in einer liturgischen Handlung an bestimmten Stellen ertönten und den Fortgang des Programms anzeigten. Am Ende lagen wir schweratmend nebeneinander auf dem Bretterboden der Terrasse, es war eiskalt morgens, und der Himmel war blau wie der Vogel, der mich bei meiner Ankunft in Amerika kopfunter aus seinen blauen Augenwinkeln angesehen hatte. Julie steckte in einem dünnen Watteanzug, sie nahm die Sache mit den Übungen sehr ernst, bis zum letzten Atemzug. Dann klopfte sie nacheinander an drei verschiedene Stellen ihres Körpers und erhob sich.

Ein Geruch nach erstem winterlichen Reif, der in der Sonne schmilzt, stieg aus der Waldwiese.

Dieses Leben hier war also auch schon seit zwanzig Jahren im Gange, und ich hatte nichts davon gewußt. Gleichzeitig mit meinem Leben, nur sechs Stunden versetzt, lief es seit zwanzig Jahren auf derselben Erdkugel ab, nur an einer anderen Stelle der Krümmung. Nun erfuhr ich das zufällig.

Mit David frankierte ich Briefe im Keller, zwischendurch zog ich neue Meldungen von Folterungen aus dem Faxgerät. Julie brachte ihre Studenten mit nach Hause, sie spielten Ping Pong und balgten sich im Wald, wo das Laub am höchsten lag, und dann saßen sie mit erhitzten Gesichtern im Kreis, tranken Kakao und knabberten Popcorn. Julie bat mich, aus meinem Leben zu erzählen.

Das überraschte mich. Ich hatte, seitdem ich in Amerika gelandet war, aufgehört, über komplizierte Zusammenhänge nachzudenken.

Ich sagte eine Weile nichts.

Darüber läßt sich nur schwer etwas sagen.

Die jungen Leute sahen mich an, ohne ihren Gesichtsausdruck zu verändern. Ich merkte sofort, daß sie warten würden, auch wenn ich lange schwieg. Nach drei Minuten brächte eins von ihnen es fertig, ganz gelassen zu fragen Why not?, als handele es sich darum, den Lichtschalter anzuknipsen.

Julie, die schon wieder ihren dünnen Watteanzug angezogen hatte, schwieg auch und wartete.

Das läßt sich nicht erklären, murmelte ich.

Sie sahen mich an.

Okay, wandte sich Julie an die Kinder, the wall was breaking down.

66

Die Kinder machten gleich Gesten des Zusammenstürzens dazu, zwei warfen sich von den Stühlen.

Das Okay kam entschieden und endgültig wie der Schlußsprung der Canadian Airforce Exercises. Ohne erkennbare Zeichen der Enttäuschung konzentrierte sie sich auf ein verändertes Programm. Die Kinder stellten sich zur Hälfte hinter einer Stuhlreihe auf, um sie dann umzustürzen.

Mich hatten sie nicht um den Stuhl gebeten, auf dem ich saß. Sie waren auffallend höflich zu Erwachsenen.

Ich saß am Rand der Terrasse und sah ihnen beim Rollenspiel zu. Ein kleiner Rotbäckiger wurde Billy gerufen, er spielte den Arbeitslosen. Jackie wollte die Lehrerin sein, sie war offenbar eins von den Mädchen, die von der ersten Klasse an Lehrerin werden wollen, weil ihnen das lange genug als die eindringlichste Art des Erwachsenseins vorgeführt wurde. Buster wollte ein Firmenchef sein, und nun suchten sie noch einen Spitzel. Die Jungen forderten die Einhaltung der Quote, die Mädchen sagten, Frauen machten so was nicht. Die Jungen überlegten, wer von ihnen spezifische Merkmale zeigte, heimtückisches Aussehen etwa, die Mädchen erklärten ihnen, warum das dumm sei.

Nein, sagte Billy, Einstellungen prägen die Physis.

Oh, dann geht es den deutschen Arbeitslosen gut, riefen die Mädchen fröhlich.

Sure, sagte der Kleine, er sagte es wie ein junger, frischer, gut aufgelegter Geografielehrer. Es kann dir dort nichts passieren. Du kannst nicht fallen. Es sind überall Fangnetze aufgespannt.

Billy ließ sich zwischen die Stühle fallen und fing sich.

Sie gefielen mir. Sie bewegten sich wie junge Hunde, und wenn sie redeten, klang es, als würden sie ein interessantes physikalisches Problem erörtern, an dem niemand Schuld hatte.

Was für ein Boß bist du, Buster, fragte Julie.

Der Boß einer Autofirma, antwortete Buster sicher.

Warum?

Weil, sie haben dort kaum Autos.

Doch, sie haben welche! rief Billy.

Aber ganz kleine.

Richtig, ganz kleine haben sie! zwitscherten die Mädchen.

Aber warum kleine? beharrte Julie ein wenig lehrerinnenhaft.

Das Land war so klein. Sie konnten nur kleine Strecken fahren. Nach drei Stunden kamen sie immer an die Mauer, in jede Himmelsrichtung drei Stunden. Dann stiegen sie aus, spazierten ein bißchen auf und ab, guckten den Bluthunden zu, wie sie an der Mauer hin- und herrannten, dann kletterten sie ins Auto zurück, machten sich ganz klein –

Woher willst du das wissen?

Mein Großvater hat in Detroit den Chrysler gebaut. Er hat mir das erzählt. Sie haben ganz kleine Autos aus Papier.

Ich glaube, sie sind kleiner.

Wer?

Die Leute dort.

Wirklich?

Sicher, in der zweiten Generation sind sie kleiner. Eine spezifische Disposition in autoritären Verhältnissen.

Das ist aber genetisch nicht möglich, es braucht länger, sieben Generationen mindestens, ehe sich eine nachweisbare Modifikation manifestiert.

Auch bei Andersdenkenden?

Das ist statistisch keine Größe. Die genetische Veränderung realisiert sich letztlich in der gesamten Population, sagte Billy, auf welchem Gen ist noch nicht bekannt. Aber in ungefähr zehn Jahren ist das kein Problem mehr. Dann wissen wir auch das.

Einer bot mir aus seiner Cornflakestüte an, er stand extra auf, kam zu mir und hielt mir auf seine natürliche jungenhafte Art die Tüte hin, während die anderen weiterredeten. Wahrscheinlich war er einfach dazu erzogen, allen etwas abzugeben.

Okay, sagte Julie, wissenschaftlich läßt sich das nicht sichern. Wir haben es mit einer Hypothese zu tun, die auf einem Gefühl beruht. Wir setzen dieses Gefühl, daß sie kleiner sind, als Prämisse, das geschieht einfach von selbst, das ist durchaus menschlich, das tun wir ständig. Aber was ist die Folge?

Wer eine Hypothese hat, wird alles so einrichten, daß er sie bestätigt findet, auch das ist menschlich, sagte Billy, die ganze Kunst ist, es so einzurichten.

Zusammengesunkener Körper aufgrund von Muskelschwäche, weil kein Widerstand geübt wurde, schlaffe Bauchdecke, untrainierte Rückenmuskeln, dadurch destabilisierte Wirbelsäule, Mühe beim aufrechten Gang, redeten sie jetzt durcheinander, große Köpfe.

Wieso große Köpfe?

Konfliktbewältigung wurde ausschließlich im Kopf versucht, es kam nicht zu Handlungen, daher unterentwickelte Körper und überdimensionierte Köpfe ...

Außerirdische! rief der Junge mit der Cornflakestüte begeistert.

Außerirdische sind meldepflichtig!

Was?

Du mußt Meldung bei der NASA machen, wenn du einen gesehen hast!

Okay.

Und wenn du einen anfaßt, kommst du zwei Jahre in Quarantäne.

Wie?

Und verlierst alle Bürgerrechte.

Glaub ich nicht.

Wirklich, sie wollen jeden für unzurechnungsfähig erklären, der behauptet, daß es sie gibt.

Nein!

Aber sicher! Sie wollen das in der Hand haben.

Machen wir ein Spiel?

Buster hat Aufschlag!

Irgendwann wurde es langsam dunkel über dem Wald, dem Haus und der Holzterrasse, die jungen Leute spielten Tischtennis im Schein von zwei Taschenlampen, und der Ball sprang leicht und intelligent durch das Strahlengefecht. Als sie die Lampen endlich ausknipsten,

sirrte der Sternenhimmel wie ein Telegraphen-
häuschen.


Du fliegst dann weiter nach Madison, wo Lilly
auf dich wartet, und von da fliegst du Kurs
Westcoast, San Francisco, und von da wirst du
den Pazifik entlangfliegen, dort wollen sie unbedingt, daß du kommst, du mußt überall vor-
beikommen an der Westküste, sie wollen dich
da unbedingt auch sehen, sagte Julie beim
Frühstück.
Ich zog Turnschuhe an und lief ihr ein Stück in
den Wald voraus, und sie hüpfte hinter mir mit
ihrem rosigen ernsthaften Gesicht, das sie bei
sportlichen Übungen trug. Erst nach der dritten
Runde erlaubte sie beim Chevrolet stehenzu-
bleiben, und wir sahen ihm ein wenig beim
Versinken zu.
Gegenüber liegt Eliza, sagte sie, aber du kannst
sie nicht mehr sehen, sie ist schon seit vier Jahren tot.
Sie lag unter einem kreisrunden, graslosen Erd-
fleck, auf dem wir kürzlich ein Lagerfeuer gemacht hatten, um das David einen Schamanen-
tanz aufführte.
Wer ist sie? fragte ich und rührte mich nicht
von der Stelle.
Davids Schwester, eine Mathematikprofessorin

aus Hildesheim. Wir haben sie überführen lassen. Sie starb kurz vor der Lösung eines physikalischen Problems. Sie jedenfalls war sich ganz sicher, kurz davor zu sein.

Woran ist sie gestorben? fragte ich.

An einer Überdosis Licht, erwiderte Julie, sie hat immer zu lange in der Sonne gelegen.

Ich sah sie in diesem Moment wie in einem Film, der fünf Meter über mir abgespielt wurde, in einem Kino, wo ich den Kopf in den Nacken legen mußte und es nach nassen Mänteln roch, in einem kleinen sächsischen Kino, neben einer kleinen sächsischen Schraubenfabrik am Ende der sechziger Jahre, am Buß- und Bettag, als draußen im Hof des Kinos der erste Schnee fiel, und niemand ahnte es drinnen in der Hitze der Sierra Madre, daß er draußen im Hof langsam angefangen hatte, vor sich hinzufallen, der erste Schnee.

Julie fing wieder mit dem Hüpfen an und ging zu lockerem Laufen auf der Stelle über.

Sie hat es nicht mehr geschafft, rief sie und legte ein paar Strecksprünge ein, dabei war sie fast dran. Sie muß sich im letzten Moment verrechnet haben. Du weißt, man darf nur eine bestimmte Anzahl von Sonnenbränden durchmachen. In ihren Berechnungen war ein Fehler. Der hat sie das Leben gekostet.

Ich sah sie mit einem Dreisprung im Wald verschwinden, eine zierliche Amerikanerin mit dieser anmutigen Zähigkeit, die den Frauen hier eigen schien.

Ich ging zurück ins Haus. Ich stellte mich unter die Kakteen, streckte die Arme nach oben und nahm ihre Dornen zwischen die Finger. Sie waren sieben, acht Zentimeter lang und aus einem Material, das alles Anorganische überflüssig erscheinen ließ.

Draußen lief Julie durch den Herbstwald von Minnesota, eine schöne, optimistische Amerikanerin, sie umkreiste das Haus an der Grundstücksgrenze, mit ihren trainierten Beinen markierte sie die Binnenfläche, das selbstgezimmerte Haus, das verrottende Auto, dessen Blech zu Humus werden sollte, und die tote Mathematikerin, die noch nicht zu Staub zerfallen sein konnte.

Das erste Opfer des zweiten Hauptsatzes der Thermodynamik, sie umsprang es in ihrem pinkfarben leuchtenden Watteanzug wie eine Puppe zum Aufziehen, deren winziger Schlüssel im Rücken sich unmerklich langsamer dreht.

Sie brachten mich zum Flughafen. Ich verabschiedete mich; sie hielten ihre Hände über dem Kopf, bis ich im Flugzeug verschwunden war. Durch die Fensterluke sah ich sie noch auf der Aussichtsplattform stehen, als wir schon auf die Startbahn rollten. Sie standen dort wie ferne Verwandte, die näher kennenzulernen etwas ist, was ich später nachholen würde.

In Madison warteten wildfremde fröhliche Leute am Gate und identifizierten mich nach einem Foto.

Sie luden mich in ihren Wagen ein, und wir fuhren ein Stück durch den Mittelwesten. Ich hatte noch nie ein so flaches Land gesehen. Wenn am Horizont die alten Chevrolets und Chryslers auftauchten, sah man zuerst nur das Dach und dann das Fahrerhaus und knapp über dem unteren Scheibenrand dann einen Haaransatz. Ich dachte: wieder ein Zeichen mehr, daß die Erde eine Kugel ist.

Lilly stand tagsüber in der kartographischen Abteilung der Universitätsbibliothek, sie stand dort wie jemand, der auf der Stelle läuft.

Was möchtest du sehen? fragte sie, als ich das erstemal den Saal mit der umlaufenden Galerie betrat.

Ich ließ mir eine Karte vom amerikanischen Kontinent geben; der Regenwald fiel mir auf.

Sehr klug für den Anfang, sagte sie, sehr einfache Strukturen.

Ich vertiefte mich in die Karte. Sie war über und über grün und wurde von einem einzigen Straßenkreuz beherrscht.

Einfach, aber undurchdringlich, bemerkte Lilly und lächelte, ein nervöses Mädchen, das die Suche der anderen aus seinem Waldversteck heraus verfolgt.

Du fliegst bis Manaus, und dann mietest du dir einen Jeep.

Ich stand neben ihr am Kartentisch. Studenten gingen mit großen Kartenmappen herum.

Übermorgen bist du dort. Aber erstmal geh von Ost nach West. Das heißt, jetzt gehst du den Mississippi abwärts, dann biegst du rechts ab, aber gib acht an Kreuzungen: wer zuerst kommt, fährt zuerst, wer als Zweiter kommt, fährt als Zweiter und so fort, okay? Jetzt bist du in St. Louis und hast tagelang den Mississippi an deiner Linken gehabt, das mußt du einige Tage gehabt haben, ehe du ins Flugzeug steigst, du hast nichts Aufregendes gesehen, ein paar Futtersilos, paar Häuser, aber links der Mississippi, der bleibt bei dir, der Wasserspiegel auf Straßenhöhe, so daß du nach ein paar Tagen denkst, du wirst jetzt gleich mit dem Auto auf dem Wasser weiterfahren. Dann gehst du ins Flugzeug und fliegst nach Westen, du gehst einfach nach Westen, so haben es alle gemacht, du läßt dich einfach nicht abbringen, okay. Nur so haben sie es alle geschafft, Landnahme, you know, ein bißchen Grobheit hat immer dazugehört, Grobheit und Stärke, Sinn fürs Praktische, das waren unsere Pioniere. Und nun schau nach unten, immer nach unten: Mittleres Mississippitiefland und unteres Missouritiefland, rote und gelbe Böden, Central Lowland, schwarze Erden, Great Plains, Bartgras-Prärie, Rocky Mountains, Colorado-Plateau, rötliches Büffelgras, Great Basin, Wermut-Kiefern, Binsenquecke und nun: Sierra Nevada, kalifornisches Längstal mit Küstengebirge. Dort lebt Amy, die andauernd die Hüte wechselt, zehnmal am Tag. Du mußt sie unbedingt besuchen.

Ich vertiefte mich in einer Ecke des Kartensaals in das Gitternetz der Straßen von Los Angeles. Je länger ich daraufsah, desto unheimlicher wurde mir der geheimnislose Bauplan. Den Nachmittag über fuhr ich mit dem Finger die Straßen nach.

Am Abend aßen wir etwas.


Lilly saß auf der Sesselkante und Tom etwas weiter zurück. Tom war fast zwei Meter groß und ein wenig nach vorn gebeugt. Lilly saß die ganze Zeit schon auf der Sesselkante, schon seit dem Abendessen, jetzt war es Mitternacht, und Tom hielt sich wie ein Bogen, ohne sich anzulehnen, frei im Raum.

Lilly hatte irgendwann nach dem Essen damit angefangen.

Wir sind von Boston nach Chicago gezogen nach der Uni, fing sie an, und nach zwei Jahren sind wir nach Ann Arbor gegangen, und dann drei Jahre später erhielt Tom ein Angebot in Michigan, wir sind nach Michigan gegangen, dort wurde Mary geboren. Und am zweiten Geburtstag sind wir nach Iowa gezogen, weil dort die Topleute auf seinem Gebiet arbeiten. Und als Mary Vier war, sind wir nach Chicago zurück, aber nur für drei Jahre, weil sie ihm dort besondere Forschungen ermöglicht haben, dann hat er gemerkt, daß er als Informatiker in die freie Wirtschaft muß, er hat es ein bißchen zu spät gemerkt, so drei Jahre zu spät, also sind wir sofort nach Boston gegangen, das ist aber nur vorläufig, er wird irgendwann an die Westküste gehen, denn alle auf seinem Gebiet sind dort, und Mary geht jetzt schon zu Klassenparties, da ist es normal, daß sie etwas nehmen, verstehst du, in Crosstown, wo wir zuletzt gewohnt haben, war es nicht normal, und in Lion, wo wir vorher waren, war sie noch zu klein, aber hier ist es normal, wenn sie eine

Klassenparty haben, daß sie etwas nehmen, einen Stoff, erst einen leichten, aber ihre Freundin nimmt seit einem halben Jahr harten Stoff, und es ist absolut normal, wenn sie dahin gehen, daß sie das nehmen, und dieser Mensch hier ist nicht in der Lage, dieser Mensch hier, siehst du, er schläft schon eine Stunde im Sitzen, und du merkst es gar nicht, wir sind nur zu dritt hier, und du merkst es nicht, wie er schläft im aufrechten Sitzen, aber er bringt es nicht fertig, Mary diesen ganzen Umgang zu verbieten, er ist so fertig, daß er noch im Schlaf so grade sitzt, wie es ihm seine Mam beigebracht hat.

Sie saßen beide ganz gerade da, links Lilly und rechts Tom, und Tom schlief mit einem sehr aufmerksamen Gesichtsausdruck.

Ich saß ihnen gegenüber und dachte daran, wie ich aus dem baufälligen kleinen Kino trat, im Strom der anderen Kinobesucher, aus der vom Schweiß und nassen Mänteln schweren Luft, und der erste Schnee fiel, er trudelte durch den Lichtkegel der Hoflaterne, so langsam, zögernd, als wollte er es sich noch überlegen.

Dieses alte graue Kino war ganz von Schnee umflogen.

Er taumelte herab und schmolz auf dem hellen

staubigen Platz, über den gerade Yul Brynner davongeritten war. Der Schnee stob hinter ihm auf und schmolz und zischte leise.

Während der ganzen Zeit, seit meiner Ankunft, hatte ich das Gefühl, langsamer zu werden, als verlöre ich an Dichte, als würde etwas lockerer, blasser, durchlässiger.

Wie ist das eigentlich bei dir? hatte Lilly gegen vier Uhr morgens gefragt.

Was?

Nun, überhaupt.

Ich weiß nicht.

Wie?

Ich weiß wirklich nicht.

Ich gab ihr noch einen Gutenachtkuß. Ich wollte ihr zeigen, daß es keinen Grund gab, sich sonderlich um mich zu kümmern.

Am andern Tag stand ich schon am Gate und hob die Arme zum Abschied. Ich flog jetzt quer über das Land. Die Maschine schien mir nicht besonders schnell zu fliegen; ich war in Eile.

Die vier Tage, die ich bei Amy wohnte, vergingen wie im Flug. Ihr Haus hatte eine Nottreppe, ein Metallgestell, mit dem alle Häuser in San Francisco ausgerüstet waren. Eine weithin sichtbare Kette dieser eisernen Vorbauten begleitete die Berg- und Talfahrt der Straßen, mal in weißgelbem Licht, wenn es bergab ging, dann plötzlich in einem feuchten, eisigen Dunst, in dem die Gipfel von Downtown verschwanden.

Ein Tag verging damit, daß ich über die Golden Gate wanderte. Ich begann morgens und kam mittags am anderen Ende an. Dort überquerte ich in einem passenden Moment die Straße und ging in die Richtung los, aus der ich gekommen war. Als ich wieder an meinem frühen Ausgangspunkt anlangte, machte ich kehrt und ging von neuem los. Das Wetter wechselte mehrmals an diesem Tag, es war ein Dienstag, und das Wetter wechselte über und unter mir, die Brückenspitzen fädelten die kleinen Wölkchen auf, die Eisnebel sanken herab; als ich meinen Blick das nächste Mal von der Bucht losriß, zerstoben sie gerade, und ein unnachgiebiger tiefblauer Himmel stand darüber, ein Himmel, wie er sonst nur von Flugkörpern aus sichtbar ist.

Ich wandte mich ab, hielt mich mit beiden Händen am Brückengeländer. Sie lagen klein und hilfesuchend dort, sie reichten gerade um die vordere Kante herum; die Brücke schwang zwischen Himmel und Meer.

Amy unter ihren Mützen lachte, wenn sie das Haus verließ, sie trug immer Mützen, Hüte mit Zöpfen, Hauben mit Schleiern vor dem Gesicht, gegen das Beben, bei dem außen wie innen stürzende Gegenstände denkbar wären. Es sei eine Art, die Angst vor diesem Erdblock, auf dem sie alle stehen, zu lösen und zu verteilen. Manchmal sah ich eine ganze Zeit ihr Gesicht nur momentweise unter der Kopfbedeckung, aber lange ihre kindlichen Hände, die Entschiedenheit verrieten.

Was willst du sehen, solange es noch steht? fragte sie morgens.

In diesem Moment klingelte das Telefon. Lilly war es. Sie wollte wissen, was ich schon gesehen habe.

Aber deshalb rufe ich nicht an, sagte sie dann, ich wollte dir sagen: vergiß den Regenwald nicht. Ich schicke dir eine Kopie der Karte. Es ist wirklich sehr einfach, bis ran zu kommen.

Ich saß bei Amy am Frühstückstisch und beobachtete, wie sich die Eiswölkchen bildeten, erst eine geschlossene Decke, und auf einmal hingen sie wie Ringe um die Türme von Downtown.

Und vergiß nicht: wir haben dich alle liebgewonnen, rief Lilly in den Apparat.

Wie die Ringe des Planeten Saturn standen die Wölkchen um die oberen Büroetagen.

Ihr seid irgendwie anders, rief Lilly, wenn du ein Mann wärst, würde ich sagen: Du gibst mir das Gefühl, deine erste Frau zu sein.

Amy probierte eine von ihren Wollmützen.

Bist du okay? rief Lilly unsicher.

Oh, ja, rief ich zurück.

Okay, sagte Lilly.


Den ganzen Tag fuhr ich mit der alten Straßenbahn durch San Francisco. Sie fahren an langen Leinen und ziehen sich gegenseitig die berg- und talwärtsschwingenden Straßen hinauf und hinunter. Den ganzen Tag ließ ich die Stadt und die Bucht vor mir auf- und absteigen.

Auf einem Gipfel sprang ich ab und befand mich bei Anbruch des Abends in einem Laden voller Kleider, die wie aufgeblasen an den Kleiderständern hingen, wie Ballons aus orangefarbenem, moosgrünem und blutrotem Tüll zwischen Schleppen aus Taft und Samt und losem Gebändel, Quasten, Troddeln, Spitzenvolants, Durchbrochenes zwischen steifen Kragen mit einer winzigen Spur Fett, einem schwebenden Schatten, einer Reibespur von Nackenhaar, einem Rest eingetrockneten Schweißes vom Collegeball der vergangenen Saison. Um die Kleider kreisen die Karussells der Unterkleider, der weißen Röcke der Jahrhundertwende, der Korsetts aus der Kolonialzeit, die allesamt Bügelflecken aufwiesen, Glanzstellen über den verdeckten Druckknöpfen, die Strumpfhaltergürtel aus Atlas und schwarzem Samt und die Seidenstrümpfe aus der Epoche des Stummfilms, die an einer Stange von der Decke herunterhingen.

Ich riß mich los und betrat den nächsten und dann den nächsten Laden, um mich immer aufs neue inmitten der Kleiderkarussells zu drehen, in ihrem überraschenden Geruch nach Staub und getrocknetem Leben, in diesem süßen Duft nach Vergangenheit, einem kostbaren Geruch nach etwas, das es hier eigentlich nicht gab und in dem in prachtvoller Pose die Verkäufer standen, ein Bein gegen die Wand gewinkelt, die schönen kraftvollen Männer als Frauen drapiert.

Ich mußte bleiben und sie lange anschauen. Ihre Art, sich auszustellen, ohne die Betrachter eines Blickes zu würdigen, zog mich immer stärker an, sie nahmen mich nicht zur Kenntnis, sie stöckelten am Vitrinentisch auf und ab, und dann lehnten sie wieder, ein Bein angestellt, vor der Wand; ihre Bewegungen waren einzig zur Präsentation da, für einen unsichtbaren Blick, der ihnen viel zu bedeuten und in der Lage schien, sie ganz zu umfassen, unter dem sie sich dehnten und rankten, als berührte er sie wie die Luft gleichzeitig von allen Seiten.

Ich stak in einer Stoffballung und kam mir unsichtbar vor. Jedermann hätte auf mich stoßen können bei der Suche nach einem alten aber wie neu scheinenden Kleidungsstück. Aber niemand hätte Anstoß genommen. Es war ebensogut, als ob es mich nicht gab. Ich war ein Teil einer Vielheit, von der ich nichts geahnt hatte. Von der Begrenztheit der Formen schloß ich einst auf einen übersichtlichen Bauplan. Eine leicht faßbare Art von Ordnung hatte stets vorgeherrscht und das Leben keine Anstrengung unternommen, ihr den Anschein von Unberechenbarkeit zu geben. Das Leben war so zugerichtet worden, daß es keine Verwirrung stiftete.

Hier, mitten in Amerika, versank ich bereitwillig einem Haufen von Kleidern aus zweiter Hand, der mir deutlich machte, daß die Welt wirklich unendlich ist. Ich sank und sank und wußte, daß ich hier bleiben wollte. Ich gab in den Knien endgültig nach und fiel durch die Galerie der Ballkleider in die zweite, dahinter verborgene Reihe, in die Monstrositäten aus Tüll und bekleckertem Taft, zwischen die wahllos, noch unsortiert, die täglichen Eingänge an untergegangenem Leben geworfen waren, schwere, abgewetzte Ulster, die ihre Träger im Verlaufe von Jahrzehnten in die Knie gezwungen hatten, lange rote Unterhosen aus den Drugstores für Landbewohner, Hüte aus gelbem Plastikgarn gehäkelt und mit zerschlissenen Blumen in den verstaubten Krempen, Wollzeug in Grautönen und verschiedensten Formen und Längen, Wollzeug mit Lederbesatz, Wollzeug mit aufgenähten Taschen zum Transport von Waren und wieder Ballkleider, zusammengesetzt aus Wollzeug, zerschlissenen Blumen, gehäkelten Brustlätzen, grauen Tüllvolants über Strumpfhaltergürteln aus Drillich und darunter und dahinter Haufen von Unterkleidern und Strümpfen sämtlicher Toten der kurzen amerikanischen Geschichte.

Ich sank und fiel und blieb schließlich in einem Lager liegen, dessen weiche Polster, Schlingen, Zipfel und Knoten mich so entschieden in die Szenerie schmiegten, daß ich mich auf der Stelle vergaß.

Erst hörte ich nur die Absätze der beiden, wie sie gezielt auf den Boden hackten. Es beunruhigte mich nicht, im Gegenteil. Je länger es dauerte, desto sicherer wurde ich, daß es so bleiben würde, daß es für immer war. Sie liefen in meinem Kopf wie eine unregelmäßige, aber ewige Uhr. Eine unberechenbare Zeit hatte offenbar begonnen, in der eine tiefe, etwas ungeduldige Stimme sagte: Sally, come on!

Willst du etwa schließen, Tabury?

Schließen oder nicht.

Es ist zu früh.

Ich wiegte mich in diesem Zu früh, es war zugleich Zu spät, ohne einen Pendelausschlag.

Ich mach es auch offen, mir egal, sagte die tiefe Stimme.

Und wenn ein Kerl reinkommt?

Ich wechsle bereits die Strümpfe, Sally.

Probier die von ganz hinten, ein ganzer Haufen voller Landpartieware!

Ich wiegte mich in meinem versteckten Nest, ich war durch alle mir bekannten Zeitformen gefallen und weich aufgeschlagen.

Meinst du die Orangefarbenen aus New Salisbury?

Die von Bainsbridge sind noch wahnsinniger, mach sie mit den Strapsen aus der Kiste von New Petersburg fest, Tabury!

Durch den Aufschlag war etwas in meinem Innern durcheinandergeraten. Wie wenn man ein Kaleidoskop schüttelt, plötzlich ist ein neues Muster da, ein vollkommen neues Ornament

aus den alten Bausteinen. Sie sind kaum wie-
derzuerkennen.

Hey, Sally, sieh mich an, Sally!

Ich lag da und hatte soeben erkannt, daß es das
war, worauf alles hinauslaufen sollte.

Hey, Sally, sieh mich an! Wohin starrst du, ver-
dammt nochmal?

Ich konnte es kaum fassen. Alles Flüssige in
meinem Innern wogte und schwappte hin und
her vor Heiterkeit, kichernd vor Erlösung, zu-
sätzlich schienen sich die festen Bestandteile zu
verflüssigen und schlingerten rhythmisch,
weich und lachend, wie in einem Schlammtüm-
pel, der Blasen wirft.

Whats this? kreischte Sally.

Hello, sagte ich.

Da sitzt wohl ein Kerl in der Wäsche? rief Tabury durch den Laden.

Ich weiß nicht, jammerte Sally und kicherte
und kam mit dem Gesicht ganz nah an mein
Lager.

Hey, wer bist denn du? flüsterte sie.

Das gleiche wie du, flüsterte ich zurück.

Sie sah mich eine Weile groß an.

Bist du sicher?

Ich glaube, ich war vollkommen glücklich.

Offen gesagt, du siehst aus wie auf Eis gelegt,
was soll aus dir werden, Baby?

Eure Wahrheit liegt in der Mitte, erklärte ich, und da möchte ich auch gerne bleiben.

Hör mal, wir schließen hier gleich den Laden.

Das stört mich nicht. Schließt nur. Ich bin hier endlich angekommen. Ich bewundere euch schon eine ganze Weile.

Hey, Tabury, hast du das gehört!

Wo kommt der Kerl her?

Aus Germany komme ich. Als Kind habe ich eine Russischklasse besucht, aber der Akzent hat sich verloren.

Ich griff in die Jacken und Hemden unter mir und fing an, etwas Passendes herauszuziehen, mit traumwandlerischem Gespür für das Richtige in Farbe und Fasson.

Ich habe schon damals geglaubt, fuhr ich fort, daß es sich bei der Schule um ein riesiges Mißverständnis handelt, denn sie bringt einem bei, die Welt sei so und so. Das hätten Forscher herausgefunden. Ich entdeckte da einen Widerspruch. Wenn nicht einmal ich selbst so und nicht anders bin, wie kann es dann die Welt sein?

Das Hemd hatte einen Latz, einen mit Biesen geschmückten Latz.

Man wird gleich als junger Mensch so in die Irre geleitet, daß man eine Menge Kraft aufwenden muß, um wieder ins Freie zu finden!

Ich riß die Krawatten von einer Stange, auf der sie wie grellbunte Giftschlangen aufgereiht hingen, und schlang sie mir um den Hals, eine nach der anderen, stellte vorher fachmännisch den Hemdkragen nach oben, ach, in welcher Welt wollte ich wer sein, wenn man schon die Wahl hat?

# III

_-e Geborgenheit_

Fliegen ist schön.
Die Mongolen sind harmlos, sagte ein Fluggast neben mir, aber in Nowosibirsk leben Sie als Amerikaner gefährlich.

Ich bin kein Amerikaner, antwortete ich schon ein bißchen träge und schlief den Rest der Reise. Ich drehte mich im Schlaf um, winkelte die Beine, zog die Knie an die Brust wie im Mutterleib, und als ich mich träumend auf die andere Seite warf, kippte das Flugzeug und legte sich ebenfalls auf die Seite, ein Flügel ragte senkrecht in den Himmel.
Ich träumte von zu Hause.

Es war ein seltsamer Traum, ohne Einzelheiten. Alle Einzelheiten waren aus ihm verbannt. Geblieben war, was die Einzelheiten verbunden hatte, eine bestimmte Temperatur. Ich träumte, während ich flog, von einem bestimmten Wärmegrad. Er machte sich als Traum bemerkbar, weil er um einige Grad höher lag als die Umgebungstemperatur. Es war ein Traum ohne Bilder. Es war ein Traum von Flüssigkeiten, die ausschließlich die Eigenschaft hatten: 37 Grad Celsius. Also leicht erhöhte Temperatur, wie sie bereits durch Erregung entstehen kann.

Es war das erste Mal, daß ich von zu Hause träumte.

Auf der Erde ging ich geradewegs auf das Ende einer langen Reihe zu; hinter mir stellte sich niemand mehr an. Alle anderen Passagiere waren zu den drei übrigen Paßschaltern gegangen. Ich stand am Ende einer Schlange von Kindern: weiße, nagelneue Turnschuhe, lackschwarze Haare, schmale Augenpaare. Eins so gelassen und aufmerksam wie das andere. Natürliche, selbstbewußte junge Leute, in denen möglicherweise einige weltverändernde Entdeckungen schlummerten und die das für normal und durchschnittlich hielten, so standen sie da. Ich hatte längst einen Blick dafür bekommen. Vor mir wartete der gute Durchschnitt der Zukunft in der langen Reihe, zu der es mich unbewußt hingezogen hatte und über deren Abfertigung eine Behörde noch zu verhandeln schien.

Dort kommen Sie nie dran! rief man auf russisch von den anderen Warteschlangen zu mir herüber. Die Leute starrten mich eine Weile an, um zu sehen, ob ich reagierte.

Jemand stand hinter der Barriere und blickte durch einen millimeterbreiten Schlitz in der Trennwand. Ich spürte es.

Jemand sah mich heimlich aus einem Versteck heraus an.

Die Russen sind fort.

Da war etwas hinter der Trennwand zur An-
kunftshalle, die Schattenrisse der Wartenden
auf der Milchglasscheibe bewegten sich nicht,
im angestrengten Schauen erstarrt, standen sie
da.
Auch ich rührte mich nicht.

Die Russen sind fort.

Ihre verlassenen Behausungen stehen offen, der
Wind schlägt die Läden an die Hauswände. Die
Bäume wachsen in die offenen Dachfenster und
verbreiten ein grünes Licht in den Bodenkam-
mern, das bis in die obere Etage hinunterfällt.
Wie grünes Wasser, in dem Algen auf und nie-
der wehen, füllt es die Zimmer bis unter die
Decken, bis unter die Schirme der vergessenen
Offiziersmützen. Die alte Villa des Schokoladenfabrikanten ist voller grüner Inschriften,
voller Inschriften des Ruhmes und des Dankes,
voller Blätterschatten, voller Abdrücke kleiner
Samenkapseln. Die Kapseln sind steinhart und
springen mit Geklimper bis hinunter in die erste Etage und dann die Freitreppe hinunter,
über die immer breiter ausschwingenden Stufen
ins Foyer.

die Russen

Fort sind sie.

Ihre harten Fingerspitzen lagen auf meinem
Rücken. Und ihre Tatarenaugen, sie wichen
keinen Millimeter aus, bis ich es tat. Es war
Toma.

Ich hielt sie in meinen Armen, aber noch mehr
sie mich in ihren kräftigen sportlichen Armen;
die Leute schoben von hinten, sie wollten hinaus und hinein in das Land, von dem sie nichts
Genaues mehr wußten. Sie fingen schon wieder
an zu rufen und zu drängen und unterschieden
nicht mehr, woher sie kamen, wo sie wie lange
gewesen sind und warum, und ob, was vor ihnen lag, draußen oder drinnen war.

Das Drängen und Murren ringsherum, die Alu-
miniumverschläge rechts und links, gegen die
mit Koffern gerammt wurde, und Toma, die ihren Fingerdruck wegnahm, mich an den Schul-
tern griff und herumdrehte.

Sie hatte mir von ihm geschrieben.

Ich hatte es vergessen. Es war verknotet in mein
früheres Leben, das in Amerika in ein Loch gefallen war. Seitdem flog ich durch die Welt, von
Kontinent zu Kontinent, von Osten nach Westen, nach Westen, solange nach Westen, bis der
Westen plötzlich wieder Osten war.

Das ist Sascha, sagte Toma.

96

Sie nahmen mich in die Mitte, trugen mein Gepäck und stellten es an der Heckklappe eines dunklen, grün schimmernden Wagens ab.

Das ist der Chrysler, sagte Sascha, dann machte er mich mit dem Chauffeur bekannt. Er hieß Semjon.

Als wir einstiegen, wurde der Himmel tiefblau, wie es bei solchen Wagen üblich ist, und die Temperatur sank. Toma saß zu meiner Rechten und betrachtete mich, und Sascha zu meiner Linken trug kurze Hosen; sie hatten am Ufer der Moskwa auf die Landung des Flugzeugs gewartet, sie hatte ihm die Haare geschnitten, anschließend waren sie geschwommen, und nun erzählten sie mir davon, und ich sah die Decke, das Messer, Tüten mit Picknickresten, nasse Handtücher und Badezeug auf dem Vordersitz des Wagens liegen, wo eine feuchte Stelle entstanden war. Das Dunkelblau des Himmels schaukelte heftig, sobald wir schnell fuhren. Aber eigentlich fuhren nur die anderen Fahrzeuge, die Laster, die kastenförmigen Busse mit Militäranstrich, alle grobkonstruierten Fahrzeuge außerhalb unserer eleganten Karosse in sichtbarer Weise schnell, sie wackelten, holperten, und ihr Traktorenlärm drang bis in das kühle Gehäuse, in dem ich zwischen Toma und Sascha saß.

Dann sind wir in einen Hof eingebogen, und der Chrysler ist vor einem Bänkchen mit fünf alten Frauen zum Stehen gekommen, mit dem grünen Bug vor ihren Pantoffeln.

Die alten Frauen haben gar nichts gesagt, nur dagesessen, uns geradezu angeschaut und gewartet, was weiter geschehen würde.

Es dauerte eine ganze Weile, bis wir die Badesachen, die einzelnen Handtücher, die Melonenstücke, das Messer in die Decke gewickelt hatten, und die alten Frauen sahen auf uns, ohne sich zu rühren, mit den unbewegten Gesichtern sehr alter Menschen. Dann sind wir ausgestiegen, erst Sascha, dann Toma, dann ich und haben so unmittelbar vor ihnen gestanden, als kämen wir zu ihnen zu Besuch. Die alten Frauen haben uns immer weiter angestarrt, und wir haben uns vor ihnen vom Chauffeur Semjon verabschiedet.

Und dann sagten beide, ich sei bereits hier zu Hause.

Genossin, Schwester, Liebste, Schönste!

So fingen alle ihre Briefe an.

Das Haus war aus roten und gelben Ziegeln und wurde von Leitungsrohren umschlungen, ebenso das rechtwinklig angrenzende Haus. Wir standen in einer lichtlosen Zone am Eingang; ein mit Pappen vernagelter Riß über den Briefkästen, auch die Risse im Gemäuer waren mir augenblicklich vertraut, kaum daß ich dieses Haus betreten hatte. Hier also tastete meine Freundin Toma im Dunkeln nach meinen Briefen; leicht konnte hier Post durch blindes Zugreifen abrutschen und verschwinden, dachte ich, und mein Fuß stieß gegen etwas Nachgiebiges, Serjoshenka, seufzte Toma lachend, mein Schöner, er wird bald ausgeruht haben, unser Schönster, beruhigte sie mich und stieg vor mir so gerade durch das Haus, als trüge sie das Gepäck auf dem Kopf, auf jedem Treppenabsatz erwartete sie mich mit ausgebreiteten Armen, und über uns an der Decke lauter Rußpunkte wie Sterne auf einer Tapete, fast gleichmäßig verteilt.

Willkommen! rief Toma, Willkommen, Willkommen!

Dann lag ich eine Weile in einem Zimmer, aus dem das Kind wie ein Heupferdchen gesprungen war, als wir in der Wohnungstür erschienen.

Ich legte mich aufs Bett; über dem Betthaupt ein Regal mit Büchern von russischen Recken, kleinen Figuren aus Knetmasse, Wollfäden, Glaskugeln, Ikonen für Puppen und einzelnen Buntstiften, die über den Rand hinausstanden.

Ich schlief ein paar Minuten ganz fest. Daraufhin erwachte ich wie an einem Morgen in einer der vielen Städte, die ich zuerst von oben sah. Aber es hielt nur ein paar Augenblicke an.

Dann hatte das Kind heimlich durch die angelehnte Tür geschaut.

Das Zimmer lag in der obersten Etage; die höchsten Bäume im Hof streiften mit ihren Wipfeln das Fensterbrett. Weit in der Ferne, hoch über den Baumspitzen und den Plattendächern der Wohnhäuser war ein kupfernes Emblem zu sehen, ein Banner oder irgendeine Art Schmuckstück, dessen Teile ein innehaltendes Flattern darzustellen schienen. Irgend etwas aus der früheren Zeit, an die ich mich nur undeutlich erinnerte.

In diesen Jahren lebte ich überwiegend von Briefen.

Schwester, jetzt schlagen wir ein Loch in alle

Hindernisse, schrieb sie aus ihrer Industriestadt im Ural, meine Seele fordert beharrlich die Freiheit.

Es waren die achtziger Jahre.

Es waren die Jahre des Briefverkehrs.

Am Morgen trat ich gegen neun Uhr in den Hof. Warme Luft kam mir entgegen, die Bäume standen wie in einem Wald, sie wurden nach oben hin sehr dicht und üppig und bildeten unten einen Raum, dessen Mitte ein Platz mit Spielgeräten war, ein Klettergerüst, eine Wippe, ein halb im Boden versunkener Stuhl ohne Sitzfläche, mehrere auf Steinen aufgebockte radlose Fahrzeuge zogen an mir vorüber, und am Ende sah ich mich den fünf alten Frauen vom Vortag gegenüber, in unveränderter Reihenfolge saßen sie auf dem Brett, das ihnen als Bank diente und verfolgten mein Umherdrehen ohne wahrnehmbare Augenbewegung.

Sofort tat ich, als zwinge mich eine Aufgabe eilig in eine bestimmte Richtung, ich verließ den Hof über einen Pfad durch ein Gebüsch, ich wußte, sie sahen mir hinterher. Wahrscheinlich fingen sie eben an mit ihren Bemerkungen über mich, sie setzten wohl das Gespräch einfach fort, wo sie es, als ich aus der Haustür trat, abgebrochen hatten, und begonnen hatten sie es vielleicht schon gestern, als der Chrysler leise vom Hof gerollt war?

Eine Gruppe Männer stand um ein zerlegtes Auto herum, jeder war damit beschäftigt, ein bestimmtes Teil herauszumontieren, zu klopfen oder zu brechen, über den verkrusteten Maschinenkörper wehte ein warmer Duft von Brot, stark, als stünde dahinter ein Backofen, und tatsächlich ging ich entlang einer Mauer zur Brotfabrik.

In einigem Abstand zu den Männern blieb ich stehen, um sie nicht zu stören, gab vor, etwas in meinen Taschen zu suchen, den Blick auf das ausgeweidete Kraftfahrzeug gerichtet, das sie auf das Dach gestellt hatten, um ihm zuerst die beweglichen Teile zu entnehmen, weshalb es jetzt ohne Räder und Wellen und vollständig gelähmt war, und dieser heiße, etwas stechende Duft von ausgebackenem Brot strich über das alte Schmierfett auf den Steckern und Zündspulen, den Schläuchen und Gestängen, Ketten und Riemen.

Vorsichtig begab ich mich später in den Schutz eines Gebüschs nahe der Mauer, ohne zu bemerken, daß ich dort noch mehr auffiel als beim jähen Stehenbleiben vor den Männern. Jemand anderes blieb nun ebenfalls stehen und forschte auf der Strecke zwischen mir und der Gruppe aus, was mich mit ihr verbinden mochte, ein Beutelchen in der Hand dieses Jemand hing so faltig und schlaff herunter, daß sein Träger noch nichts erlebt haben konnte an diesem Vormittag, was ihn mit Neugier erfüllte, und nun traf er auf mich hinter dem Busch unter der Mauer zur Brotfabrik. Den gestreckten Arm mit dem Stoffbeutel ein Stück abgespreizt vom Körper, der in einem Anzug steckte, die geraden, steif wirkenden Beine in den Hosenröhren leicht gegrätscht, mit einem alten Kopf, der nur auf Antwort zu warten schien, sich aber nicht mehr erinnerte woraufhin, so stand da ein ratlos konzentrierter Mensch und erwartete dringend und geistesabwesend die Frage.

Dann hielt ich mich den ganzen Tag an den Spielstätten der Kinder auf: labyrinthische kleine Parks mit hohen Bäumen, als hätten seinerzeit in der ganzen Stadt Moskau gleichzeitig kleine Wälder zum Wuchs angesetzt, und jetzt traten sie, nach einem halben Jahrhundert, mit ihren Wipfeln ins Freie in der Nähe der Dächer und sorgten unten in den Höfen für eine grüne summende Stimmung, in der die abgegriffenen Spielgeräte lautlos in den unbewachsenen Boden rutschten, während die Alten mit den Stoffbeuteln in der Hand gegen Nachmittag auffallend viele wurden. Sie tappten oder standen

zwischen den Baumstämmen und den Kletter-
gerüsten umher, in einem Gedanken innehal-
tend oder von den Resten eines Gedankens wie
angewurzelt.

Auf ihren Briefumschlägen war immer ein Bild.
In den sechziger Jahren war es ein Gesicht, in
das der Empfänger minutenlang vor dem Öffnen des Briefes blicken konnte: in die Augen
des Weltraumhündchens Laika, das beladen
mit Meßinstrumenten auf dünnen Beinen auf
dem Papier stand.

Am selben Morgen war Toma mit zwei Freundinnen nach Podolsk gefahren; sie hatten mich
eingeladen, sie zu begleiten, dann aber gleich
die Umstände beschrieben: Sieben Stunden
würden sie in einer Schlange von Menschen vor
einer Bank warten, man müsse dabei sehr
wachsam sein, zwei Männer führen als Begleit-
schutz mit, und sobald sie das eingesetzte Geld,
das sich um das Doppelte vermehren könne an
diesem Tag, jedoch auch in nichts auflösen, sobald sie die Rubel in Händen hielten, müßten
sie im Schutz der Männer zur Wechselstelle eilen und es dort in Dollar umtauschen.
Ich hatte es vorgezogen, durch die Höfe zu gehen, und nun lärmten sie nebenan in der Küche,

und Toma rief immer aufs neue nach mir. Ich hatte sie mir schon vorgestellt, ihre Mitspielerinnen, verwegene Hasardeurinnen, Reiterinnen, die mit der Peitsche knallen oder wie diese Schönheit unter der Kuppel des Gemüsemarktes, die ich flüchtig erblickt hatte, auf ihrem Tisch voller Orangen aus Baku tänzelnd und ihren meterlangen Zopf schleudernd.

Aber ich täuschte mich; die Freundinnen waren ein bißchen üppig und lehnten träge mit dem Rücken am Vorhang über der Küchenbank, tranken und stocherten in den Leckerbissen des schnellen Festessens.

Ein weißgelber Tag, erklärte Toma.

Die beiden anderen lachten mit breiten Mündern und hielten die Lider mühsam über den schwarzen Augen offen.

Weißgelb wie die Wüste, rief Toma mit dem Gesicht eines Menschen, der nur körperlich anwesend ist und auf fadenscheinige Weise hellwach.

Wer weiß, was für Geld, rief sie, und die beiden anderen lachten noch lauter.

Was fragst du!

Man muß nicht so viel fragen.

Trinken wir auf den Tag, auf unser Zusammensein.

Auf den Augenblick, der gerade ist.

Und schon verronnen!
Auf den neuen Augenblick!
Was für Geld, was für Geld!
Schwärzestes Geld natürlich.
Ich lachte auch, das hier war vielleicht nicht die Wirklichkeit, sondern etwas Farbiges nach der Natur, mit noch schöneren, noch tieferen Farben, die sie erfunden hatten, um die Natur zu verstehen.
Allerschwärzestes Geld, riefen sie, und der Abend zog über das Chirurgische Spital gegenüber, stundenlang leuchtete er mit einem grellen weißen Himmelsstreifen über dem Aluminiumdach wie über einem abendlichen Meeresspiegel.

Ich habe mich schon nach ihnen gesehnt, als wir noch nichts voneinander wußten. Jetzt sah ich sie wieder unter den Schlagbäumen der fünfziger Jahre hervortreten und ein Lied vortragen. Als es zu Ende war, verneigten sie sich. Sie waren alle sehr stolz, ihre kleinen Köpfe waren ein wenig nach hinten gebogen.
Sie müssen das gewesen sein.

Das Mädchen klopfte an mein Zimmer, äugte durch den Spalt, huschte herein, sprang zum Regal und zupfte zielsicher ein Fädchen aus

seinen Sachen. Und schon war es wieder verschwunden.

Toma lenkte ihren russischen Wagen auf den
Hof, schlug das Kreuz über der Ikone auf dem
Steuerrad, ich kam auf dem Nebenplatz zu sitzen, Toma warf den Rückwärtsgang ein, und
die alten Frauen auf der Bank rückten zügig in
den Hintergrund.

Wir müssen eilen, das Geld in den Laden zu
bringen und eine Ware dafür einzutauschen, erklärte sie.

Was für eine Ware?

Eine Ware. Irgendeine Ware aus Amerika, die
soviel kostet, wie wir gerade haben.

Sie warf mir einen Packen Geldscheine in den
Schoß, gehalten von einem Gummiband.

Wir fuhren durch die Jefremowa, am Kloster
der Heiligen Jungfrauen vorüber, am großen
Stadion namens Lenin vorbei, an den Waren-
säcken der wilden Händler unter der Leninsta-
tue und hielten vor einem der Geschäfte, zu
denen fünf Stufen hinaufführten, und die von
außen nicht zu erkennen waren. Hier reihte
sich ein solches Geschäft an das andere, und
man stellte erst drinnen fest, ob es sich um einen Friseur oder einen Fischladen handelte.
Toma reihte sich bei den Wartenden ein und
kaufte Fernseh- und Videogerät wie ein Zwei-

pfundbrot. Dann warteten wir an der Kasse, bis die Verkäuferin das Paket Geldscheine von der Verschnürung befreit und durchgezählt hatte.

Draußen hatte das Wetter gewechselt. Der Himmel über dem Kutusowskiprospekt war plötzlich gefleckt von weißen Wölkchen. Der Karton mit den Geräten paßte nicht in den Kofferraum; ein Sitz mußte herausmontiert werden, was Toma im Handumdrehn erledigte. Ich kletterte auf den Rücksitz und nahm den Vordersitz auf den Schoß.

Vorwärts! rief Toma, nun müssen wir eilen, glücklich zu sein!


Nun zur Liebe, vorwärts! schrieb sie, wenn sie sich auf ihre unabhängige tatarische Art neu verliebt hatte.

Dann blieb ihre Post ein Jahr lang aus, und ich sah sie an einem engen, mit Vorräten vollgestellten Küchentisch, in ihrer unter gelben Dämpfen schwelenden Industriestadt im Ural einen langen, ihr ganzes Dasein erklärenden Brief schreiben.

Statt dessen war eine knappe Nachricht gekommen: Habe mich verheiratet, in Moskau eine Wohnung gekauft, vor der Haustür steht ein Chrysler mit Chauffeur und Mobiltelefon. Auf, Liebste, überfliege die Grenze!

Sascha kam immer gegen Mitternacht. Der Chrysler schnurrte, der Hof, der Wald im Hof, die Sträucher, die Bänke mit den Sitzpappen und die Unterhosen auf einem Draht zitterten. Dann schaltete Semjon den Motor aus, und vor ihm im Scheinwerferkegel kauerte Serjosha auf der Bank, längst verlassen von den alten Frauen und ohne Geräusch um sich herum, als sei irgendwo höheren Orts der wichtigste Stecker rausgezogen worden. Serjosha war immer überrascht, daß es noch einmal Tag wurde, aber geschlafen hatte er meistens noch nicht, denn ich hatte ihn reden hören, durch die Baumkronen hindurch drang seine Rede in alle weitgeöffneten Fenster, seine eindringlichen Ansprachen, deren Sinn ich nur mit Tomas Hilfe verstanden hätte.

Unser junger Gott, hatte sie gelacht, er ist nun schon seit sieben Tagen berauscht. Und unser Sascha hat längst eine Bank gegründet.

Ich wußte nicht, daß es auf deutsch wie auf russisch Bank heißt.

Nur das A sehr dunkel und weit oben unter der Schädeldecke gesprochen.

Ich hatte noch eine Weile auf dem Bett gesessen und an den Wollfädchen in den Kindersachen über mir gezupft.

Als wir mit den Fernsehapparaten auf dem Rücksitz in den Hof einbogen, saß Serjosha wieder auf der Bank zwischen den alten Frauen, sie putzten ein bißchen an ihm herum, saßen einfach da, träge schwatzend, die dicken Oberarme an ihn gedrängt. Sein Gesicht und seine offene Brust glühten wie Bronze, seine blauen Augen schauten durch die Bäume und durch die nächste Häuserreihe hindurch übers Meer und rutschten über den Horizont.

Wir packten die Apparate und bugsierten sie nach oben, und dann schickte Toma mich fort und rief mir aus dem Fenster in den Hof hinterher: Erhole dich, geh unter unser russisches Leben, meine Liebste! Du siehst ganz aus wie eine Russin, meine Schönste! Sieh unsere kräftigen russischen Leute, Schwesterchen!

Ich stolperte seitwärts den Weg hinaus auf die Straße, vor der Brotfabrik wartete eine Reihe alter Männer mit Orden und Ordensspangen auf abgetragenen dunklen Anzügen, eine gebeugte Formation von Kriegsteilnehmern; ich hielt mich gerade, ich wollte vorwärtskommen, ich lief wieder in die Höfe hinein, jeder Hof hatte eine Wandzeitung, ein hölzernes Gestell mit den Losungen der Vergangenheit, von der Sonne gebleichte, vom Regen verwaschene Drucksachen; ich taumelte und suchte Halt,

stieß mit der Stirn gegen die Scheibe eines
Kiosks. Da lag eine Torte.
Eine kleine, wunderbare, fette Schokoladentorte.
Mit einemmal fühlte ich mich erschöpft.
Meine Beine fingen an zu zittern.
Meine Zukunft irrte durch die weite Welt, und
plötzlich rannte sie in einem Käfig im Kreis.
Die Torte lag dort hinter einer Glasscheibe in
einem Karton, von dem der Deckel abgenom-
men worden war. Eine glänzende, mit Creme-
türmchen verzierte, in einen vollständigen
ziselierten Crememantel gehüllte Schokoladentorte.
Ich zeigte mit dem Finger auf sie, und der Verkäufer in der Kabine griff nach einem anderen
Karton, hob den Deckel ab und zeigte mir die
Torte. Sie hatte wieder anders geformte kunst-
volle Kringel, Cremetupfen und Rosetten; ich
stellte mir vor, daß in jedem der grauen Kar-
tons eine andere prächtige Torte verborgen
war, wagte aber nicht, sie alle sehen zu wollen,
obwohl ich plötzlich wußte, daß ich mir nichts
anderes wünschte in diesem Moment, als alle
Torten zugleich anschauen zu können, so lange,
bis ich mich vor diesem Überfluß an Schönheit
vollkommen beruhigt hatte.
Ich nahm meinen Tortenkarton, ich trug ihn an

dem Bindfaden durch die Höfe heimwärts; vielleicht war Sonnabend, vielleicht Sonntag, die wenigen vereinzelten Leute schauten einander schwankend nach, in einer Kellerwohnung brannte gelbliches Licht, gelb wie ein alter Ölsockel: das Licht eines verstaubten Lüsters mit tausend Glasstückchen.

Es war soweit.
Ich fragte mich nicht, was das alles bedeutete.
Darüber war ich hinaus.
Ich weiß, daß sämtliche möglichen Bedeutungen existieren wie Pflanzen und Tiere, wie Gesteinsformationen und Wolkenbildungen. Auf diese Weise kehren deren unendlich vielfältige Formen im Menschen wieder, sobald er aufgehört hat, nach einer einzigen Bedeutung zu suchen.
Durch unerschrockenes Fliegen bin ich zu dieser Erkenntnis gelangt. Auch der Zustand der Entropie ist so reich an Erscheinungen, Formen und Figuren des Daseins, daß man ihn ohne Einschränkung Leben nennen kann.
Aber in diesem Moment beschloß ich: nicht mit mir.
Ich wechselte im Laufschritt die Straßenseite und lief auf das Gebüsch zu, hinter dem Tomas Hof lag, das Gebüsch war über den Weg ge-

wachsen wie ein Portal, darunter erschien Serjosha, als ich mit einem Hieb die Zweige beiseite schlagen wollte; er kippte schräg von rechts unter das Portal, fing sich und versuchte mich mit den Augen zu treffen. Mädchen, Mädchen, stammelte er, oh, Mädchen, entschuldigen Sie, und ich tat einen Schritt links, er auch, aber unwillkürlich, und gleich wieder einen Schritt rechts und einen Wiegeschritt links. Sie sind zu Gast, ja, wir wissen es, Sie sind zu Gast, brachte er heraus, bei unserer Toma Iwanowna sind Sie zu Gast.

Serjosha, rief eine träge Frauenstimme.

Sie sind zu Gast bei uns, in unserem Moskau, lallte Serjosha und versuchte still und gerade zu stehen.

Serjosha, rief die Frauenstimme noch einmal, komm her.

So sind Sie unser aller Gast, stieß Serjosha hervor und warf die Hand in die Luft.

Eine Frau in einer Strickjacke kam herangeschlurft, Mädchen, sprach sie mich fürsorglich an, Olga Sergejewna, stammelte Serjosha, gut, gut, Söhnchen, sagte die Frau.

Unser Gast! rief Serjosha und schlug sich die Hand auf die nackte Brust.

Kommen Sie, kommen Sie, drängte nun die Alte zärtlich und ungeduldig, umgriff meinen

Arm. Kommt Mädchen, rief sie den anderen auf der Bank zu, und die alten Frauen sprangen wie eine Gruppe lagernder und dösender schwerer Tiere auf die Beine. Sie schoben mich auf eine hofseitige kleine Tür mit einem Ziergitter zu, und ich tappte drei Stufen abwärts, ich streckte beide Arme seitwärts und meine Hände gegen die Wände des Kellers. Olga Sergejewna pochte gegen eine Tür. Wer da? wurde gerufen, Gäste, Gäste! sang Olga Sergejewna, stieß die Tür auf und drängte mich vorwärts in einen noch zwei Stufen tiefer gelegenen Raum, und da hing er und funkelte unter dem Staub eines Jahrhunderts: der Lüster.

Kein Imitat aus gelbem Blech und Scherben, wie es hier alle Gemischtwarenläden führten.

Ein gebieterisch altes, schweres und prunkendes Exemplar mit tausend Kristallstückchen in Tränenform.

Genau in der Mitte darunter stand ein zerschlissener Diwan. Voller alter Kleidungsstücke, Decken und Kissen, so daß ich sie zuerst übersah, die kleine Alte. Der Diwan war ihr zu groß. In Jahrzehnten hatte er seine Form bewahrt und erinnerte nun an eine Zeit, da sie noch zueinander paßten. Nur die Rundungen von beiden zeigten mir, daß sie zusammengehörten.

Sie blinzelte mich an.

Serjosha, Söhnchen, sagte sie mit überraschend fester Stimme, komm her.

Serjosha wollte es sich gerade auf dem Fußboden bequem machen.

Dorthin, befahl ihm das Mütterchen, und Serjosha setzte sich gehorsam in die andere Sofaecke.

Halte dich gerade, Söhnchen!

Ja, ja, stammelte Serjosha und versuchte eine aufmerksame Haltung einzunehmen.

Meine Schönsten, wen habt ihr mir da mitgebracht?

Mütterchen Aglaja, wir haben euch einen Gast mitgebracht.

Willkommen, willkommen, wer es auch sei! rief die kleine Alte, beugte sich vor und musterte mich.

Willkommen in unserem Rußland!

Ich bin auf der Durchreise, erklärte ich.

Was sprichst du, Mädchen?

Ich fliege gerade ab.

Sie blickte mich so erwartungsvoll an, als schickte ich mich an, ein Gedicht zu rezitieren.

In dieser Minute fliege ich, sagte ich fest.

Sie wies mit ihrem Arm in den Lüster.

Ich nickte.

Aber du bist zu Gast, sagte sie ratlos, bei uns steht der Gast am höchsten. Es geht nicht höher hinauf, mein Kindchen.

Ich schwieg verzweifelt.

Draußen auf der Straße in Höhe der Fahrgestelle der Kraftwagen war es heller Mittag.

Was trägst du da in der Hand, Mädchen?

Ich blickte an mir herunter.

Dein Gepäck?

Verzeihen Sie mir, stammelte ich, verzeihen Sie, trat auf sie zu und überreichte ihr den Tortenkarton.

Sie nahm ihn und setzte ihn neben sich auf das Sofa.

Woher, Mädchen, kommst du?

Aus Deutschland, redeten die Frauen nun alle dazwischen, sie kommt aus Deutschland, Mütterchen.

In Deutschland sprechen sie auch unser russisches R, ich habe es gehört, sagte die Alte.

Nein doch, Mütterchen, fielen gleich die Frauen ein, sie sprechen es weich, französisch, die Deutschen. Sprich nur deutsch, Mädchen, zeig, es klingt französisch.

Nein, wenn sie singen, entschied die Alte, dann haben sie genau wie wir das russische R. Ich habe es gehört. Vor vielen Jahren schon habe ich es gehört, meine Lieben.

Nun sing, mein Mädchen!

Ich?

Nun ja, sing, gleich wird Alexander Konstantinowitsch hereintreten, denn es ist Sonnabend, da besucht er mich immer. Es wird für ihn eine große Freude sein, wenn wir singen, denn er hat selbst eine wundervolle Stimme, unser Sascha, eine Stimme wie ein Mönch. Ist es nicht so, meine Teuren?

Wie ein Mönch, wie ein Mönch, riefen die Frauen.

Sie hatten sich auf Säcken und Kisten niedergelassen, steckten sich gegenseitig Zigaretten an, dann nahmen sie beiläufige flache Züge.

Wie ein Mönch und wie ein Mann, entschied die eine.

Ein russischer Mann, die andere.

Bist du bei Trost, rief die dritte, ein Herr ist er!

Ein russischer Herr!

Tief gläubig.

Im Fernsehen ist er.

Ein sehr schöner Mann, unser Alexander Konstantinowitsch.

Mein Mädchen, sagte die kleine Alte zu mir, fühl dich zu Hause, du bist unsere Tochter, Kindchen.

Ich war sprachlos. Es rebellierte in mir. Aber

etwas anderes kauerte versonnen am Boden, wie ein Kind, das die Straße mit Kreide bemalt.

Ja, bleib nur, redete das Großmütterchen aus der Sofaecke heraus, bleib nur. Du bist hier wie anderswo am richtigen Ort, also kannst du auch hier sein. Es ist gleichgültig, wo du bist, alles ist richtig. Der Mensch muß nicht fort, wozu? Um die Welt zu sehen? Wozu? Der Mensch sieht immer sich selbst. Alles was er sieht, sieht ihm ähnlich, Länder, Leute, es ist alles nach seinem Maß. Er kann nicht wirklich Fremdes aufnehmen, der Mensch. Alles was er von draußen erkennen kann, ist er selbst. Er in sich eingeschlossen, und deshalb sucht er die Freiheit. Er sucht die Freiheit an einem Ort draußen. Wir Russen waren Nomaden, wir kennen das Umherziehen. Aber wir ziehen anders umher als ihr Ausländer. Wir suchen nicht die Freiheit. Wir suchen nichts. Wir ziehen zwischen Himmel und Steppe.

Serjosha in der anderen Sofaecke rappelte sich hoch.

Die kleine Großmutter beugte sich zu mir: Er ist Automechaniker, er versteht sich auf alle Autos, amerikanische, deutsche Autos, er kann in aller Welt die Autos reparieren. Wenn nun in unserem Rußland die Automechaniker nicht mehr gebraucht werden, wird er die Autos auf der ganzen Welt reparieren.

Sie kicherte fröhlich; wahrscheinlich lebte sie schon das volle Jahrhundert. Etwas hielt mich zu ihren Füßen wie ein kleines Kind.

Gib mir deine Hand, Töchterchen! Sie streckte mir ihren Arm entgegen.

Da riß ich mich hoch, war schon aus der Tür und lief Sascha in die Arme.

Durch die hektisch aufgestoßene Kellertür hatte ich einen ganz kurzen Blick durch den Gang vorwärts geworfen, lang genug, daß sich mir das Gesehene einprägen konnte. Daß ich es jederzeit wieder sehen kann, wenn ich es brauche: die Risse in den Mauern. Die alten Muster.

Sascha saß vor Aglaja unter dem Lüster und sagte: Der Weltgeldkreislauf.

Die Alte hielt mein Handgelenk umfaßt.

Ich stelle ihn mir als etwas Rundes vor, kam sie ihm zuvor, ein Rad, hab ich recht?

Eher eine Ellipse, sagte Sascha.

Eine Ellipse sagst du, also ein Ei, das ist viel besser. Aus dem Ei erwächst alles. Das Ei ist die Urform des Lebens.

Die Bank ist am Ende, sagte Sascha.

Aus dem Ende erwächst der Anfang, Söhnchen.

Sie steht vor der größten Operation.

Da siehst du es!

Wir werden untergehen oder morgen im Weltgeldkreislauf operieren.

Die Alte schlug das Kreuz über ihm.

Was willst du wissen?

Es gibt einen Mann.

Einen Mann.

Einen Ausländer.

Nun gut.

Er lebt in New York.

In New York.

Er spricht russisch.

Wie spricht er es?

Vollkommen, unser bestes altes Russisch.

Wer ist dieser Mann?

Der Berater eines der reichsten Männer der Welt.

Das ist die Wahrheit?

Ich komme, um die Wahrheit herauszufinden.

Die Alte ruckelte an meinem Handgelenk; ich merkte, sie hatten mich vergessen.

Verrate mir, wie viele Leute hast du beschäftigt, um es herauszufinden?

Ein halbes Dutzend Spezialisten, sie haben mir alle Informationen über seine Person gebracht.

Und?

Ich weiß alles, was irgendwo über ihn gespeichert ist.

Also!

Es bedeutet nichts. Alles kann gefälscht sein. Hundert Informationen sind so nutzlos wie eine einzige Information. Sie können alle gefälscht sein. Sie bedeuten nichts.

Die Alte verschränkte zufrieden die Arme in ihrer Sofaecke.

Nun?

Ich bin auf mein Herz angewiesen, auf Unbegreifliches.

Was sieht dein Herz?

Einen guten Mann.

Das reicht.

Aber sein Hemd. Er trägt ein merkwürdiges Hemd. Blaugrün. Grünblau.

Und?

Es ist seltsam. Niemand trägt so ein Hemd. Es beunruhigt mich. Der Mensch ist gut. Aber dieses Hemd, was bedeutet es?

Nichts, es ist ein Hemd.

Nein, es sagt etwas über ihn.

Nichts, ein Hemd, ein Mann trägt ein Hemd, fertig.

Nein, es ist mehr als ein Hemd. Es bedeutet in seiner Welt etwas.

Es ist ein Hemd aus New York.

Was bedeutet ein blaugrünes Hemd in New York.

Laß ab, Söhnchen.

Ich setze die Existenz darauf.

Du sagst, ein guter Mensch. Spricht vollkommen russisch.

In einem grünblauen Hemd. Das ist eine fremde Sprache, ich verstehe sie nicht.

Mädchen! rief da die Alte und schüttelte mich. Sie packte und schüttelte mich. Unser Gast! Sie wird es uns sagen, sie ist Ausländerin, sie kann es uns sagen, meine Lieben!

Sie zog mich vom Boden auf das Sofa, in die andere Ecke, so daß sie in der Mitte, in der einen Ecke ich und in der anderen Serjosha saß. Nun spricht unser Gast! verkündete sie feierlich.

Ich blickte benommen um mich. In der Tür erschien Toma, die mir in den sechziger Jahren ein rotes Pionierhalstuch geschickt hatte, es lag in einem flachen Karton, so als sei es um einen unsichtbaren Hals geknotet. Sie schrieb mir, seit sie ein Kind war, ein kleines russisches Mädchen aus Sibirien mit großen Seidenschleifen hinter den Ohren. Jedesmal wenn ein Brief eintraf, war ich außer mir vor Freude.

Das war alles, was ich dazu sagen konnte.

Das Großmütterchen seufzte und jammerte.

Sie hob den Karton auf ihren Schoß, öffnete den Deckel, und beim Anblick der Schokoladentorte griff sie unsere verwirrten Köpfe, Serjoshas Kopf und meinen, flüsterte zwischen unseren Köpfen, richtete sich auf und sprach: Ich gebe ihn dir zum Mann, Töchterchen.

Mit einem Satz war ich bei der Tür, sprang durch den Kellergang und nach oben ins Freie, in den mir so vertrauten Hauseingang nebenan, drei Treppen hinauf, überrannte das Kind, faßte mein Reisegepäck aus San Francisco, flog die Treppen abwärts, riß den Wagenschlag auf und befahl: zum Flughafen!

Semjon erwachte auf der Stelle und setzte den Wagen geistesgegenwärtig in Bewegung, ein auf Ernstfälle trainierter Mann, als hätte er im Halbschlaf nur auf dieses entscheidende Signal gewartet, als sei endlich zum Sturm geblasen worden, so zog er den Wagen durch den Hof und auf die Straße, mit einer gedehnten Rückwärtsbewegung des Oberkörpers, die sich gegen die starke Beschleunigung auflehnte, aber gebändigt, so hielt er auch den vorwärtsschießenden Wagen, der durch die Wellen des Asphalts sprang, aber dann auf der achtspurigen Magistrale auf einer Bahn alles vor uns Fahrende durchdrang und sich gleich einem Geschoß in die Zukunft bohrte, während sein Lenker lachte und schrie, daß eine Ausländerin doch eben ganz anders gewöhnt ist zu fahren, ein ganz anderes Tempo, ganz anderes Leben, und ich mich zu halten versuchte, an der Tür, an der Decke, an der Scheibe, und Semjon brüllte vor Freude, ich schrie, und Semjon schrie zurück. Wir Russen hängen nicht so am Leben! schrie Semjon, und wir schlugen aus dem Loch heraus steil in die Höhe, ein Fluggerät im Überschlag, stiegen wir auf in die Luftkorridore, und ich sah die Flugzeugzusammenstöße unter meinem Fenster und die Eisenbahnzusammenstöße in der Luft und die Bahnhöfe aller mitteldeutschen Kleinstädte und lauschte ihrem verloren nachhallenden Klang in den Armen meines Liebsten. Alles zog an mir vorüber in der letzten Minute vor meinem Tod.

Ich will nicht sterben! schrie ich da mit glasklarem, beobachtendem Geist, mit einer ganz neuen Art von Begeisterung.

Achtung! brüllte Semjon, wir landen!

Die Autorin dankt
dem Deutschen Literaturfonds e.V.
für die Förderung.